CLARA DOS ANJOS

LIMA BARRETO

ubook
ubk Publishing House

ubook UBK Publishing House

EDIÇÃO Vinícius Nascimento
REVISÃO Gabriela Silva
CAPA E PROJETO GRÁFICO Clarissa Duarte
DIAGRAMAÇÃO Cristiano Marques

Dados Internacionais de Catalogação na Publicação (CIP)
(Câmara Brasileira do Livro, SP, Brasil)

Barreto, Lima, 1881-1922

Clara dos Anjos / Lima Barreto. – Rio de Janeiro : Ubook Editora, 2023.

ISBN 978-85-9556-588-3

1. Ficção brasileira I. Título.

23-179542 | CDD-B869.3

Índices para catálogo sistemático:

1. Romances : Literatura brasileira B869.3

Tábata Alves da Silva - Bibliotecária - CRB-8/9253

Ubook Editora S.A

Av. das Américas, 500, Bloco 12, Sala 207,

Barra da Tijuca, Rio de Janeiro/RJ.

Cep.: 22.640-100

Tel.: (21) 3570-8150

Caro leitor,

É com grande prazer que apresentamos *Clara dos Anjos* , um clássico da literatura brasileira. Nesta edição, algumas palavras e expressões foram atualizadas para tornar a leitura mais acessível e compreensível para os leitores contemporâneos. No entanto, é importante ressaltar que as características e elementos fundamentais do livro foram preservados e mantidos intactos. Essa obra tem o ambicioso objetivo de ajudar os estudantes e despertar neles o interesse pela literatura clássica brasileira, levando-os a explorar outras obras e autores do nosso patrimônio literário. Esperamos que esta edição de *Clara dos Anjos* possa continuar encantando os leitores, mantendo vivo o legado e a beleza da obra de Lima Barreto.

Boa leitura!

SUMÁRIO

1

O carteiro Joaquim dos Anjos não era homem de serestas e serenatas, mas gostava de violão e de modinhas. Ele mesmo tocava flauta, instrumento que já foi muito estimado em outras épocas, não o sendo atualmente como outrora. Os velhos do Rio de Janeiro, ainda hoje, se lembram do famoso Calado e das suas polcas, uma das quais *Cruzes, minha prima!* ¾ é uma lembrança emocionante para os cariocas que estão a roçar pelos setenta. De uns tempos a esta parte, porém, a flauta caiu de importância, e só um único flautista dos nossos dias conseguiu, por instantes, reabilitar o afinado instrumento — delícia, que foi, dos nossos pais e avós. Quero falar do Patápio Silva. Com a morte dele, a flauta voltou a ocupar um lugar secundário como instrumento musical, a que os doutores em música — quer executantes, quer os críticos eruditos — não dão nenhuma importância. Voltou a ser novamente plebeu.

Apesar disso, na sua simplicidade de nascimento, origem e condição, Joaquim dos Anjos acreditava-se músico de certa ordem, pois além de tocar flauta, compunha valsas, tangos e acompanhamentos de modinhas.

Uma polca sua (*Siri sem unha*) e uma valsa (*Mágoas do coração*) tiveram algum sucesso, a ponto de vender ele a propriedade de cada uma por cinquenta mil-réis a uma casa de músicas e pianos da Rua do Ouvidor.

O seu saber musical era fraco; adivinhava mais do que empregava noções teóricas que tivesse estudado.

Aprendeu a "artinha" musical na terra do seu nascimento, nos arredores de Diamantina, em cujas festas de igreja a sua flauta brilhara, e era tido por muitos como o primeiro flautista do lugar. Embora gozando desta fama animadora, nunca quis ampliar os seus conhecimentos musicais.

Ficara na "artinha" de Francisco Manuel, que sabia de cor; mas não saíra dela para ir além. Pouco ambicioso em música, ele o era também nas demais manifestações de sua vida.

Desgostoso com a existência medíocre na sua pequena cidade natal, um belo dia, aí pelos seus vinte e dois anos, aceitara o convite de um engenheiro inglês que por aquelas bandas andava a explorar terras e terrenos diamantíferos. Todos julgavam que o "seu" mister andasse fazendo isso; a verdade, porém, é que o sábio inglês fazia estudos desinteressados. Fazia puras e platônicas pesquisas geológicas e mineralógicas. O diamante não era o fim dos seus trabalhos; mas o povo, que teimava em ver pelos arredores da cidade o ventre da terra cheio de diamantes, não podia supor que um inglês que levava a catar pedras pela manhã até à noite, tomando notas e com uns instrumentos rebarbativos, não estivesse com tais gatimonhas a caçar diamantes. Não havia meio do mister convencer à simplória gente do lugar que ele não queria saber de diamantes; e dia não havia em que o súdito de Sua Graciosa Majestade não recebesse uma proposta de venda de terrenos em que, forçosamente, havia de existir a preciosa pedra em abundância, por tais ou quais indícios seguros aos olhos de "garimpeiro" experimentado.

Logo ao chegar o geólogo, Joaquim empregou-se como seu pajem, guia, encaixotador, servente, etc., e tanto foi obediente e serviu a contento o sábio, que este, ao dar por terminadas as suas pesquisas, o convidou a vir ao Rio de Janeiro, encarregando-se de movimentar a sua pedregulhenta ou pedregosa bagagem até que ela fosse posta a bordo. O sábio comprometeu-se a pagar-lhe a estadia no Rio, o que fez, até embarcar-se para a Europa.

Deu-lhe dinheiro para voltar, um chapéu de cortiça, umas perneiras, um cachimbo e uma lata de fumo Navy Cut; Joaquim já se havia habituado ao Rio de Janeiro, no mês e pouco em que estivera aqui a serviço do Senhor John Herbert Brown, da Real Sociedade de Londres, e resolveu não voltar para Diamantina. Vendeu as perneiras num belchior[1] e o chapéu de cortiça também, e pôs-se a fumar o saboroso fumo inglês no cachimbo que lhe fora ofertado, passeando pelo Rio enquanto teve dinheiro. Quando acabou, procurou conhecidos que já tinha e, em breve, entrou para o serviço de empregado de escritório de um grande advogado seu patrício, isto é, mineiro.

— Não te darei coisa que valha a pena — disse-lhe logo o doutor —, mas aqui irás travando conhecimentos e podes arranjar coisa melhor mais tarde.

Viu bem que o "doutor" lhe falava a verdade, e toda sua ambição se cifrou em obter um pequeno emprego público que lhe desse direito à aposentadoria e a montepio[2], para a família que ia fundar. Conseguira ao fim de dois anos de trabalho, aquele de carteiro, havia bem quatro lustros, com o qual estava muito contente e satisfeito da vida, tanto mais que merecera sucessivas promoções.

Casara meses depois de nomeado e, tendo morrido sua mãe em Diamantina, como filho único, herdara-lhe a casa e umas poucas terras em Inhaí, uma freguesia daquela cidade mineira. Vendeu a modesta herança e tratou de adquirir aquela casita nos subúrbios

1 Diz-se do negociante de roupas e objetos usados. No contexto, como se houvesse negociante a instigá-las umas contra as outras [N.E.]

2 Instituição mantida por associados para concessão de empréstimos e benefícios [N.E.]

em que ainda morava e era dele. O seu preço fora módico, mas, mesmo assim, o dinheiro da herança não chegara, e pagou o resto em prestações. Agora, porém, e mesmo há vários anos, estava em plena posse do seu "buraco", como ele chamava a sua humilde casucha. Era simples. Tinha dois quartos; um que dava para a sala de visitas e outro para a sala de jantar, aquele ficava à direita e este à esquerda de quem entrava nela. À de visitas, seguia-se imediatamente a sala de jantar. Correspondendo a pouco mais de um terço da largura total da casa, havia nos fundos um puxadinho onde estavam a cozinha e uma despensa minúscula. Comunicava-se esse puxadinho com a sala de jantar por uma porta, e a despensa, à esquerda, apertava o puxado, a jeito de um curto corredor até à cozinha, que se alargava em toda a largura dele. A porta que o ligava à sala de jantar ficava bem junto daquela, por onde se ia dessa sala para o quintal. Era assim o plano da propriedade de Joaquim dos Anjos.

Fora do corpo da casa, existia um barracão para banheiro, tanque, etc., e o quintal era de superfície razoável, onde cresciam goiabeiras, dois pés ou três de laranjeiras, um de limão-galego, mamoeiros e um grande tamarineiro copado, bem aos fundos.

A rua em que estava situada a sua casa se desenvolvia no plano e, quando chovia, encharcava e ficava que nem um pântano; entretanto, era povoada e se fazia caminho obrigado das margens da Central para a longínqua e habitada freguesia de Inhaúma. Carroções, carros, autocaminhões que, quase diariamente, andam por aquelas bandas a suprir os retalhistas de gêneros que os atacadistas lhes fornecem, percorriam-na do começo ao fim, indicando que tal via pública devia merecer mais atenção dos políticos.

Era uma rua sossegada e toda ela, ou quase toda, edificada ao gosto antigo do subúrbio, ao gosto do chalé. Estava povoada e edificada quase inteiramente, de um lado e de outro. Dela, descortinava-se um lindo panorama de montanhas de cores cambiantes, conforme fosse a hora do dia e o estado da atmosfera. Ficavam-lhe muito distantes, mas pareciam cercá-la, e ela, a rua, ser o eixo daquele redondel de montes em que, pelo dia afora, pareciam ser iluminados por projeções luminosas, revestindo-se de toda a gama do verde, de tons azuis e, pelo crepúsculo, ficavam cobertos de ouro e púrpura.

Além dos clássicos chalés suburbanos, encontravam-se outros tipos de casas. Algumas relativamente recentes, uns certos requififes[3] e galanteios modernos, para lhes encobrir a estreiteza dos cômodos e justificar o exagero dos aluguéis. Havia, porém, uma casa digna de ser vista. Erguia-se quase ao centro de uma grande chácara e era a característica das casas das velhas chácaras dos outros tempos; longa fachada, pouco fundo, teto acaçapado, forrada de azulejos até a metade do pé direito. Um tanto feia, é verdade, que ela era, sem garridice; mas casando-se perfeitamente com as mangueiras, com as robustas jaqueiras e os coqueiros petulantes e com todas aquelas grandes e pequenas árvores avelhantadas, que, talvez, os que as plantaram não as tivessem visto frutificar. Por entre elas, onde se podiam ver vestígios do antigo jardim, havia estatuetas de louça portuguesa com letreiros azuis. Uma era a "Primavera", outra era a "Aurora"; quase todas, porém, estavam mutiladas; umas, num braço; outras não tinham cabeça, e ainda outras jaziam no chão, derrubadas dos seus toscos suportes.

Os muros que cercavam a casa, a razoável distância, e mesmo aquele em que se apoiava o gradil de ferro da frente do imóvel, estavam cobertos de hera, que os envolvia em todo ou em parte, não como um sudário, mas como um severo, cerimonioso e vivo manto de outras épocas e de outras gentes, a provocar saudades e evocações, animando a ruína. Hoje, é raro ver-se no Rio de Janeiro um muro coberto de hera; entretanto, há trinta anos, nas Laranjeiras, na Rua Conde de Bonfim, no Rio Comprido, no Andaraí, no Engenho Novo, enfim, em todos os bairros que foram antigamente estações de repouso e prazer, encontravam-se, a cada passo, longos muros cobertos de hera, exalando melancolia e sugerindo recordações.

3 Mesmo que rebuscado, enfeitado [N.E.]

Joaquim dos Anjos ainda conhecera a "chácara" habitada pelos respectivos proprietários. Mas, ultimamente, eles se tinham retirado para fora e alugado aos "bíblias". Os seus cânticos, aos sábados (era o seu dia da semana de descanso sagrado), entoados quase de hora em hora, enchiam a redondeza e punham na sua audiência uma soturna sombra de misticismo. O povo não os via com hostilidade, mesmo alguns humildes homens e pobres raparigas dos arredores frequentavam-nos, já por encontrar nisso um sinal de superioridade intelectual sobre os seus iguais, já por procurarem, em outra casa religiosa que não a tradicional, lenitivo para suas pobres almas alanceadas, além das dores que seguem toda e qualquer existência humana.

Alguns, entre os quais o João Pintor, justificavam frequentar os "bíblias", porque estes — dizia ele — não eram como os padres, que, para tudo, querem dinheiro.

Esse João Pintor trabalhava nas oficinas do Engenho de Dentro, no ofício de que proviera o seu apelido. Era um preto retinto, grossos lábios, malares[4] proeminentes, testa curta, dentes muito bons e muito claros, longos braços, manoplas enormes, longas pernas e uns tais pés que não havia calçado nas sapatarias que coubessem neles. Mandava-os fazer de encomenda; mas, assim mesmo, mal os punha hoje, no dia seguinte tinha que os retalhar à navalha, se queria dar alguns passos e manquejar menos até o "Mafuá"[5].

Dizia o "Turuna", adepto do Padre Sodré, capelão do Santuário de Nossa Senhora de Lourdes, que João Pintor se metera com os "bíblias" porque estes lhe haviam dado um quarto na chácara para ele morar de graça, com certas obrigações pequenas a cumprir. João Pintor contestava com veemência; o certo, porém, é que ele morava na "chácara".

Chefiava os protestantes um americano, Mr. Quick Shays, homem tenaz e cheio de uma eloquência bíblica que devia ser magnífica em inglês; mas que, no seu duvidoso português, se tornava simplesmente

4 Mesmo que "maçãs do rosto" [N.E.]

5 Parque de diversões ou feira de prendas e jogos [N.E.]

pitoresca. Era Shays Quick ou Quick Shays daquela raça curiosa de yankees fundadores de novas seitas cristãs. De quando em quando, um cidadão protestante dessa raça que deseja a felicidade de nós outros, na terra e no céu, à luz de uma sua interpretação de um ou mais versículos da Bíblia, funda uma novíssima seita, põe-se a propagá-la e logo encontra dedicados adeptos, os quais não sabem muito bem por que foram para tal novíssima religiãozinha e qual a diferença que há entre esta e a de que vieram.

Lá, na sua terra, como aqui, esses pequenos *luteros* atraem fiéis; lá, mais do que aqui.

Mr. Shays obtinha nas vizinhanças do carteiro Joaquim dos Anjos não fiéis, mas muitos ouvintes, dos quais uma quinta parte afinal se convertia. Quando se tratava de iniciar uma turma, os noviços dormiam em barracas de campanha, erguidas ao redor da casa, nos vãos existentes entre as velhas árvores da chácara, maltratada e desprezada.

As cerimônias preparatórias à iniciação na religião de Mr. Quick Shays duravam uma semana, farta de jejuns e cânticos religiosos, cheios de unção e apelos contritos a Deus, Nosso Pai. E a velha propriedade de recreio, com as barracas militares e salmodias[6] contínuas, adquiria um aspecto esquisito e imprevisto, o de convento ao ar livre, mascarado por uma rebarbativa carranca de acampamento guerreiro. Dir-se-ia um destacamento de uma ordem de cavalaria monástico-guerreira, que se preparava para combater o turco ou o mouro infiel, na Palestina ou no Marrocos.

Da redondeza, não eram muitos os adeptos ortodoxos à doutrinação religiosa de Mr. Shays; entretanto, além das espécies que já foram aludidas, havia as daqueles que assistiam às suas prédicas por mera curiosidade, ou para deliciar-se com a oratória do pastor americano. O templo estava sempre cheio nos seus dias solenes.

Os frequentadores dessa ou daquela natureza lá iam sem nenhuma repugnância, pois é próprio do nosso pequeno povo fazer uma extravagante amálgama de religiões e crenças de toda a sorte, e socorrer-se

6 Maneira própria de recitar ou cantar os salmos [N.E.]

desta ou daquela conforme os transes e momentâneas agruras de sua existência. Se se trata de afastar atrasos de vida, apela para a feitiçaria; se se trata de curar uma moléstia tenaz e renitente, procura o espírita; mas não falem à nossa gente humilde em deixar de batizar o filho pelo sacerdote católico, porque não há, dentre ela, quem não se zangue: "Está doido! Meu filho ficar pagão! Deus me defenda!"

Joaquim dos Anjos não frequentava Mr. Shays nem o reverendo Padre Sodré, do Santuário de Nossa Senhora de Lourdes, pois, apesar de ter nascido numa cidade embalsamada de incenso e plena de ecos sonoros de litanias e o contínuo repicar de sinos festivos, não era animado de grande fervor religioso. Sua mulher, Dona Engrácia, porém, o era em extremo, embora fosse pouco à igreja, devido às suas obrigações caseiras. Ambos, porém, estavam de acordo num ponto religioso católico-romano: batizar quanto antes os filhos na Igreja Católica Apostólica Romana. Foi assim que procederam, não só com a Clara, o único filho sobrevivente, como com os demais, que haviam morrido.

Eram casados há quase vinte anos, e esta Clara, sua filha, sendo o segundo filho do casal, orçava pelos seus dezessete anos.

Era tratada pelos pais com muito desvelo, recato e carinho, e, a não ser com a mãe ou o pai, só saía com Dona Margarida, uma viúva muito séria que morava nas vizinhanças e ensinava a Clara bordados e costuras.

No mais, isto era raro e só acontecia aos domingos, Clara deixava, às vezes, a casa paterna para ir ao cinema do Méier ou do Engenho de Dentro, quando a sua professora de costuras se prestava a acompanhá-la, porque Joaquim não se prestava, pois não gostava de sair aos domingos, dia escolhido a fim de se entregar ao seu prazer predileto de jogar o solo[7] com os companheiros habituais; e sua mulher não só não gostava de sair aos domingos, como em qualquer outro dia da semana. Era sedentária e caseira.

---

7 Tipo de jogo de cartas com baralho espanhol [N.E.]

Os companheiros habituais do solo com Joaquim eram quase sempre estes dois: o Senhor Antônio da Silva Marramaque, seu compadre, pois era padrinho de sua filha única, e o Senhor Eduardo Lafões. Não variavam. Todos os domingos, aí pelas nove horas, lá batiam à porteira da casa do "postal"; não entravam no corpo da habitação e, pelo corredor que mediava entre ela e a vizinha, dirigiam-se ao grande tamarineiro, aos fundos do quintal, debaixo do qual estava armada a mesa, com os seus tentos, vermelhos e pupilas negras, de grão de aroeira, o seu baralho, os seus pires, um cálice e um litro de parati[8], ao centro, muito pimpão e arrogante, impondo um cínico desafio às conveniências protocolares.

Joaquim dos Anjos já esperava, lendo o jornal de sua predileção. Mal chegavam, trocavam algumas palavras, sentavam-se, "molhavam a palavra" no litro de cachaça e punham-se a jogar. Ficha a vintém.

Horas e horas, esperando o "ajantarado"[9], que quase sempre ia para a mesa à hora do jantar habitual, deixavam-se ficar jogando, bebericando aguardente, sem dar uma vista d'olhos sobre as montanhas circundantes, nuas e pedregosas, que recortavam o alto horizonte.

De quando em quando, mas sem grandes espaços, Joaquim gritava para a cozinha:

— Clara! Engrácia! Café!

De lá, respondiam, com algum amuo na voz:

— Já vai!

É que as duas mulheres, para preparar o café, tinham que retirar de um dos dois fogareiros de carvão vegetal uma panela do "ajantarado" que aprontavam, a fim de aquecer o café reclamado. E isto lhes atrasava o jantar.

Enquanto esperavam o café, os três suspendiam o jogo e conversavam um pouco.

---

8 Cachaça [N.E.]

9 Almoço, lanche ou jantar com bastante variedade, geralmente servido aos domingos e feriados, mais tarde que o habitual dessas refeições visando a substituí-las [N.E.]

Marramaque era e sempre havia sido mais ou menos político, a seu modo.

Embora atualmente fosse um simples contínuo[10] de ministério, em que não fazia o serviço respectivo, nem outro qualquer, devido a seu estado de invalidez, manco e semiparalítico do lado esquerdo, tinha, entretanto, pertencido a uma modesta roda de boêmios literatos e poetas, na qual, a par da poesia e de coisas de literatura, se discutia muita política, hábito que lhe ficou.

Quando veio a revolta de 93, a roda se dissolveu. Uns foram acompanhar o Almirante Custódio, outros o Marechal Floriano. Marramaque foi um destes e até obteve as honras de alferes do Exército. Por aí é que teve a primeira congestão, isto é, nos fins do governo do Marechal, em 94.

A sua roda não tinha ninguém de destaque, mas alguns eram estimáveis. Mesmo alguns de rodas mais cotadas procuravam a dele.

Quando narrava episódios dessa parte de sua vida, tinha grande garbo e orgulho em dizer que havia conhecido Paula Nei[11] e se dava com Luís Murat[12]. Não mentia, enquanto não confessasse a todos em que qualidade fizera parte do grupo literário. Os que o conheciam, daquela época, não ocultavam o título com que partilhava a honra de ser membro de um cenáculo poético. Tendo tentado versejar, o seu bom senso e a integridade de seu caráter fizeram-lhe ver logo que não dava para a coisa. Abandonou e cultivou as charadas, os logogrifos, etc. Ficou um hábil charadista e, como tal, figurava quase sempre como redator ou colaborador dos jornais, que os seus companheiros e amigos de boêmia literária, poetas e literatos, improvisavam do pé para a mão, quase sempre sem dinheiro para um terno novo. Envelhecendo e ficando semi-inutilizado, depois de dois ataques de apoplexia, foi obrigado a aceitar aquele humilde lugar de contínuo, para ter com que viver. Os seus méritos e saber, porém, não estavam

10 Trabalhador contratado [N.E.]

11 Francisco de Paula Ney (1858-1897), poeta e jornalista carioca [N.E.]

12 Luís Murat (1861-1929), jornalista, poeta e filósofo [N.E.]

muito acima do cargo. Aprendera muita coisa de ouvido e, de ouvido, falava de muitas delas. Tivera, em moço, uma boa convivência.

Estava aí o segredo de sua ilustração. Marramaque, apesar de tudo, do seu estado de saúde, da sua dificuldade de locomoção, não deixava a mania inócua da política e ia votar, com risco de se ver envolvido num barulho de sufrágio universal, puxado a navalha, rabo-de-arraia, cabeçadas, tiros de revólver e outras eloquentes manifestações eleitorais, das quais, em razão do seu precário estado de pernas, não poderia fugir com segurança e a necessária rapidez.

Tendo vivido em rodas de gente fina — como já vimos — não pela fortuna, mas pela educação e instrução; tendo sonhado outro destino que não o que tivera; acrescendo a tudo isto o seu aleijamento, Marramaque era naturalmente azedo e oposicionista. Naquele domingo, ele o tirara para falar mal do doutor Saulo de Clapin.

— Vocês vão ver: o Clapin está aí, está morto na política. Teve o topete de ir contra a corrente popular, espetou-se. Quem ganhou foi o barbudo Melo Brandão, esse judeu mestiçado. É um safadão, mas é mestre na política.

Joaquim se interessava mediocremente por essa história de política, mas Lafões tinha as suas paixões no negócio e acudiu:

— Qual o quê! Então você pensa, Marramaque, que um homem inteligente, tão superior, como o doutor Clapin, vai deixar-se embrulhar por um trapaceiro de atas e coisas piores como o Melo Brandão! Qual o quê! Demais, o operariado...

— O que é que ele tem feito pelo operariado? — pergunta Marramaque.

— Muito.

Lafões não era operário, como se poderia pensar. Era guarda das obras públicas. Português de nascimento, viera menino para o Brasil, isto há mais de quarenta anos; entrara muito cedo para a repartição de águas da cidade, chamara a atenção dos seus superiores pelo rigor de sua conduta e, aos poucos, fizeram-no chegar a seu generalato de guarda de encanamentos e de torneiras que vazassem nos tanques de lavagem das casas particulares. Vivia muito contente com a sua posição, a sua portaria de nomeação, a sua carta de naturalização, e, talvez, não estivesse tanto, se tivesse enriquecido de centenas de contos de réis. Assim tudo fazia crer, pois era de ver a importância ingênua do campônio que se faz qualquer coisa do Estado, e a solenidade de maneiras com que ele atravessava aquelas virtuais ruas dos subúrbios.

Trazia sempre a farda cáqui e o boné com as iniciais da repartição; um chapéu-de-sol de cabo, que, quando não o trazia aberto a protegê-lo contra os raios do sol, manejava como a bengala de um vigário de aldeia portuguesa, furando o chão e levantando-o, para pousá-lo de novo, à medida que executava as suas longas passadas.

Lafões respondeu assim a Marramaque:

— Muito. Em todas as comissões em que o doutor Clapin tem passado, sempre procura dar trabalho ao maior número de operários.

— Grande serviço! Arrebenta as verbas! No fim de dois ou três meses, despede mais da metade... Isto não se chama proteger; chama-se engazopar[13].

— Seja, mas ele ainda faz isso, e os outros? Não fazem nada. De resto, é um homem democrata. Desde muito que se bate pela igualdade entre os servidores da nação. Não quer distinção entre funcionários públicos e jornaleiros. Quem serve à nação, seja em que serviço for, é funcionário público.

— Honrarias! Isto não enche barriga! Por que ele não trabalha para diminuir a carestia da vida e dos aluguéis de casa?

— Ora essa, Marramaque! Você não leu o projeto dele sobre construção de casas para famílias pobres e modestas? Você não leu, Joaquim?

O carteiro, que vinha ouvindo a conversa sem dar opinião, à interpelação de Lafões, interveio:

— Li, de fato; mas li também que ele havia aumentado os aluguéis de suas casas, que são inúmeras, de quarenta por cento.

13 Induzir alguém a erro; enganar [N.E.]

— É isto! — acudiu com pressa Marramaque. — Clapin é muito generoso com o dinheiro dos outros, do Estado. Com o dele, é de uma sovinice de judeu e de uma ganância de agiota. Jesuíta!

Felizmente, Clara chegava com o café. A conversa acalorada cessava, e os dois convivas de Joaquim recebiam os cumprimentos da menina:

— A bênção, meu padrinho; bom dia, Seu Lafões.

Eles respondiam e punham-se a pilheriar com Clara. Dizia Marramaque:

— Então, minha afilhada, quando se casa?

— Nem penso nisso — respondia ela, fazendo um trejeito faceiro.

— Qual! — observa Lafões. — A menina já tem algum de olho. Olhe, no dia dos seus anos... É verdade, Joaquim: uma coisa.

O carteiro descansou a xícara e perguntou:

— O que é?

— Queria pedir a você autorização para cá trazer, no dia dos anos aqui da menina, um mestre do violão e da modinha.

Clara não se conteve e perguntou apressada:

— Quem é?

Lafões respondeu:

— É o Cassi. A menina...

O guarda das obras públicas não pôde acabar a frase. Marramaque interrompeu-o furioso:

— Você dá-se com semelhante pústula? É um sujeito que não pode entrar em casa de família. Na minha, pelo menos...

— Por quê? — indagou o dono da casa.

— Eu direi, daqui a pouco; eu direi por quê — fez Marramaque transtornado.

Acabaram de tomar café. Clara afastou-se com a bandeja e as xícaras, cheia de uma forte, tenaz e muita curiosidade:

— Quem seria esse Cassi?

2

Quem seria esse Cassi? Quem era Cassi?

Cassi Jones de Azevedo era filho legítimo de Manuel Borges de Azevedo e Salustiana Baeta de Azevedo. O Jones é que ninguém sabia onde ele o fora buscar, mas usava-o, desde os vinte e um anos, talvez, conforme explicavam alguns, por achar bonito o apelido inglês. O certo, porém, não era isso. A mãe, nas suas crises de vaidade, dizia-se descendente de um fantástico Lord Jones, que fora cônsul da Inglaterra em Santa Catarina; e o filho julgou de bom gosto britanizar a firma com o nome do seu problemático e fidalgo avô.

Era Cassi um rapaz de pouco menos de trinta anos, branco, sardento, insignificante, de rosto e de corpo; e, conquanto fosse conhecido como consumado "modinhoso", além de o ser também por outras façanhas verdadeiramente ignóbeis, não tinha as madeixas da virtude do violão, nem outro qualquer traço de capadócio. Vestia-se seriamente, segundo as modas da Rua do Ouvidor; mas, pelo apuro forçado e o *degagé*[14] suburbanos, as suas roupas chama-

14 Diz-se de pessoa segura de si, sem acanhamentos [N.E.]

vam a atenção dos outros, que teimavam em descobrir aquele aperfeiçoadíssimo "Brandão", das margens da Central, que lhe talhava as roupas. A única pelintragem, adequada ao seu mister, consistia em trazer o cabelo ensopado de óleo e repartido no alto da cabeça, dividido muito exatamente ao meio — a famosa "pastinha". Não usava topete, nem bigode. O calçado era conforme a moda, mas com os aperfeiçoamentos exigidos por um elegante dos subúrbios, que encanta e seduz as damas com o seu irresistível violão.

Era bem misterioso esse seu violão; era bem um elixir ou talismã de amor. Fosse ele ou fosse o violão, fossem ambos conjuntamente, o certo é que, no seu ativo, o senhor Cassi Jones, de tão pouca idade, relativamente, contava perto de dez defloramentos e a sedução de muito maior número de senhoras casadas.

Todas essas proezas eram quase sempre seguidas de escândalo, nos jornais, nas delegacias, nas pretorias; mas ele, pela boca dos seus advogados, injuriando as suas vítimas, empregando os mais ignóbeis meios da prova de sua inocência, no ato incriminado, conseguia livrar-se do casamento forçado ou de alguns anos na correção.

Quando a polícia ou os responsáveis pelas vítimas, pais, irmãos, tutores, punham-se em campo para processá-lo convenientemente, ele corria à mãe, Dona Salustiana, chorando e jurando a sua inocência, asseverando que a tal fulana — qualquer das vítimas — já estava perdida, por esse ou por aquele; que fora uma cilada que lhe armaram, para encobrir um mal feito por outrem, e por o saberem de boa família, etc.

Em geral, as moças que ele desonrava eram de humilde condição e de todas as cores. Não escolhia. A questão é que não houvesse ninguém na parentela delas capaz de vencer a influência do pai, mediante solicitações maternas.

A mãe recebia-lhe a confissão, mas não acreditava; entretanto, como tinha as suas presunções fidalgas, repugnava-lhe ver o filho casado com uma criada preta, ou com uma pobre mulata costureira, ou com uma moça branca lavadeira e analfabeta.

Graças a esses seus preconceitos de fidalguia e alta estirpe, não trepidava em ir empenhar-se com o marido a fim de livrar o filho da cadeia ou do casamento pela polícia.

— Mas é a sexta moça, Salustiana!

— Qual o quê! Calunia-se muito…

— Que calúnia, que nada! Este rapaz é um perverso, é um sem--vergonha. Eu sei o nome das outras. Olhe: a Inês, aquela crioulinha que foi nossa copeira e criada por nós; a Luísa, que era empregada do doutor Camacho; a Santinha, que ajudava a mãe a costurar para fora e morava na Rua Valentim; a Bernarda, que trabalhava no *Joie de Vivre*…

— Mas tudo isso já passou, Maneco. Você quer que o seu filho vá para a cadeia? Porque, casar com essas biraias, ele não se casa. Eu não quero!

— Era preferível que ele fosse para a cadeia, ao menos não estava desmoralizando todo o dia a casa.

— Pois você faça o que quiser. Se você não der os passos, eu dou. Vou procurar o meu irmão, o doutor Baeta Picanço — rematava a mulher com orgulho.

O pai desse Cassi era verdadeiramente um homem sério. Estreito de ideias, familiarizado no emprego público que, há cerca de trinta anos, exercia, ele tinha profundos sentimentos morais que lhe guiavam a conduta no seu comércio com os filhos. Nunca fora afetuoso: evitava até todas as exibições e exageros sentimentais; era, porém, capaz de estimá-los profundamente, amá-los, sem abdicar, entretanto, do dever paterno de julgá-los lucidamente e puni-los consoante a natureza das suas respectivas faltas.

Era homem de pouca altura, trazia a cabeça sempre erguida, testa reta e alta, queixo forte e largo, olhar firme, debaixo do seu *pince-nez* de aros de ouro. Conquanto alguma coisa obeso, era deveras um velho simpático e respeitável; e, apesar da sua imponência de antigo burocrata, dos seus modos um tanto ríspidos e secos, todos o estimavam na proporção em que seu filho era desprezado e odiado.

Tinham até pena dele, confrontando a severidade de sua vida com a crapulice de Cassi.

Sua mulher não era lá muito querida, nem prezada. Tinha fumaças de grande dama, de ser muito superior às pessoas de sua vizinhança e mesmo às dos seus conhecimentos. O seu orgulho provinha de duas fontes: a primeira, por ter um irmão médico do Exército, com o posto de capitão; a segunda, por ter andado no Colégio das Irmãs de Caridade.

Quando lhe perguntavam "seu pai, o que era?", Dona Salustiana respondia: "era do Exército", e torcia a conversa. Não era seu pai exatamente do Exército. Fora simplesmente escriturário do Arsenal de Guerra. Com muito sacrifício e graças a uma pequena fortuna que lhe viera ter por acaso às mãos, pudera educar melhorzinho os dois únicos filhos que tivera.

A vaidade de Dona Salustiana não deixava que ela confessasse isso, e tanto era contagioso esse seu sentimento, no que tocava a seu pai, que as suas duas filhas, Catarina e Irene, sempre se referiam ao avô como se fosse de verdade um general do Paraguai. Eram menos vaidosas do que a mãe, mas muito mais ambiciosas em matéria de casamento. Dona Salustiana casara-se com o Manuel, quando este ainda era praticante e revia provas à noite, nos jornais, para acudir às despesas da casa. Catarina e Irene sonhavam casar com doutores, bem empregados ou ricos, porque elas se julgavam prestes a se "formar", a primeira em música e piano, pelo trampolineiro Instituto Nacional de Música; e a segunda, pela indigesta Escola Normal desta Capital.

Escusado é dizer que ambas tinham um grande desprezo pelo irmão, não só pela baixeza de sua conduta moral — o que era merecido —, mas, também, pela sua ignorância cavalar e absoluta falta de maneiras e modos educados.

Em começo, o pai consentia, apesar de tudo, que Cassi, o ínclito Cassi, tomasse parte na mesa familiar. Ninguém lhe dirigia a palavra a não ser a mãe. As moças conversavam com o pai ou com a mãe, ou entre si; e, se ele se animava a dizer qualquer coisa, o velho Manuel olhava-o severamente e as filhas calavam-se.

Houve um acontecimento doloroso, provocado pela perversidade de Cassi que fez o pai tomar a deliberação extrema de expulsá-lo de casa e da mesa doméstica. Não foi expulso de todo, devido à intervenção de Dona Salustiana; mas o foi em meio.

Entre as relações de suas irmãs, havia uma moça muito pobre, que morava na redondeza. Sua mãe era viúva de um capitão do Exército, e ela, a Nair, era filha única. Com auxílio de alguns parentes, a viúva ia encaminhando a filha nos estudos próprios de seu sexo. Ela tinha tendência para música e procurou aproximar-se de Catarina para explicar-lhe a matéria. Contava dezoito anos, muito risonha, de um amorenado sombrio, cabelos muito negros, pequenina e viva, com os seus olhinhos irrequietos e luminosos.

Cassi a viu e logo a teve como boa presa, apesar de não ser totalmente sem apoio. Quis entabular namoro, na própria casa do pai, quando Nair vinha receber lições da irmã dele. Esta, porém, percebendo a manobra, proibiu-lhe, sob ameaça de contar ao pai, que ele viesse à sala, quando estivesse dando lição a Nair. O nome do pai apavorava Cassi, não que o estimasse e, por isso, o respeitasse deveras, mas porque "o velho", severo como era, bem podia pô-lo de vez na rua.

Se isso viesse a acontecer não teria para onde ir, e o pouco que ganhava no jogo, em brigas de galos e em comissões de agente de empréstimos, etc., seria absorvido para a casa e comida, pouco ou quase nada sobrando para roupas, sapatos e gravatas. Ele, sem isto tudo, estava perdido. Adeus amor! Se o quisesse, tinha que pagar...

Considerando tal hipótese, não relutou em obedecer à irmã; mas começou a cercar Nair "por fora". Quando ela ia sair, precedia-a, ficava na porta da padaria, cumprimentava. Afinal, pôde conversar e declarar-se com a fatídica carta, que era a reprodução de um modelo que lhe dera um companheiro de malandragem, o Ataliba do Timbó, o qual, por sua vez, tinha obtido de um poeta "porrista" que morava na Piedade. Esse poeta, a quem o "intruso" Ataliba qualificava tão superiormente e de tal maneira, era o célebre Leonardo Flores, que o Brasil todo conhece e viveu uma vida pura, inteiramente de sonhos.

Enfim, a pequena Nair, inexperiente, em plena crise de confusos sentimentos, sem ninguém que lhe pudesse orientar, acreditou nas lábias de Cassi e deu o passo errado. A mãe veio a descobrir-lhe a falta, que se denunciava pelo estado do seu ventre. Correu ao Senhor Manuel, que não estava. Falou a Dona Salustiana e esta, empertigando-se toda, disse secamente:

— Minha senhora, eu não posso fazer nada. Meu filho é maior.

— Mas, se a senhora o aconselhasse como mãe que é, e de filhas, talvez obtivesse alguma coisa. Tenha piedade de mim e da minha, minha senhora.

E pôs-se a chorar e a soluçar.

Dona Salustiana respondeu amuada, sem demonstrar o mínimo enternecimento por aquela dor inqualificável:

— Não posso fazer nada no caso, minha senhora. Já lhe disse. A senhora recorra à justiça, à polícia, se quiser. É o único remédio.

A mãe de Nair acalmou-se um pouco e observou:

— Era o que eu queria evitar. Será uma vergonha para mim e para a senhora e família.

— Nós nada temos com o que Cassi faz. Se fosse nossa filha...

Não acabou a indireta injuriosa; levantou-se e estendeu a mão à desolada mãe, como que a despedindo.

A viúva saiu cabisbaixa; e, dali, foi à audiência do delegado distrital e expôs tudo. O delegado disse-lhe:

— Apesar de estar ainda não há seis meses neste distrito, sei bem quem é esse patife de Cassi. O meu maior desejo era embrulhá-lo num bom e sólido processo; mas não posso, no seu caso. A senhora não é miserável, possui as suas pensões de montepio e meio soldo; e eu só posso tomar a iniciativa do processo quando a vítima é filha de pais miseráveis, sem recursos.

— Mas, não há remédio, doutor?

— Só a senhora constituindo advogado.

— Ah! Meu Deus! Onde vou buscar dinheiro para isso? Minha filha, desgraçada, meu Deus!

E pôs-se a chorar copiosamente. Quando serenou, o delegado mandou que um empregado da delegacia acompanhasse a senhora até em casa e ficou a pensar nas baixezas, nas dores, nas misérias que as casas encobrem e que, todo o dia, descobria, por dever de ofício.

No dia seguinte, a mãe de Nair suicidava-se com lisol. Os jornais esgravataram o acontecimento e contaram as causas do suicídio com todos os pormenores. Manuel de Azevedo, o pai de Cassi, quando leu no trem o jornal, saltou na primeira estação, voltou e entrou pela casa adentro que nem um furacão, transtornado de fisionomia, espumando de ódio que o fazia outro homem, muito diferente daquele reservado, bondoso e simpático burocrata que era.

— Cadê ele?

— Quem? — perguntou-lhe a mulher.

— Ele, esse Cassi — fez ele com os punhos cerrados, a errar o olhar desvairado, pelos quatro cantos da sala.

— Mas que há, homem? — fez a mulher assustada.

— Lê isto.

Deu-lhe o jornal, apontando o local do suicídio.

— Mas que culpa tem…

Não acabou a frase Dona Salustiana; o marido logo a interrompeu:

— Culpa! Esse biltre sem senso moral algum; esse assassino, esse desgraçado que leva a corromper todas as moças e senhoras que lhe passam debaixo dos olhos, não o quero mais aqui, não o quero mais na minha mesa. Diga-lhe isto, Salustiana; diga-lhe isto, enquanto não o mato.

As filhas tinham chegado e adivinharam a causa daquela explosão de ódio e raiva, coisa rara no pai. Procuraram acalmá-lo:

— Sossegue, papai; sossegue.

Catarina, que passara os olhos pelo jornal, muito sofreu com a desonra de Nair. Lamentou sinceramente o trágico desfecho da mãe da sua discípula gratuita; e assim falou ao pai:

— Olhe, papai; eu me sinto em alguma coisa culpada, porque trouxe Nair aqui, a fim de estudar música comigo.

Depois de uma pausa acrescentou:

— Que se há de fazer? É a fatalidade.

— Não o quero mais aqui! — repetiu o chefe da família.

Os jornais não se deixaram ficar na simples notícia do suicídio. Revolveram a vida de Cassi; contaram-lhe as proezas; e ele, a conselho de sua mãe, foi passar uns tempos na casa do tio, o doutor que tinha uma fazendola em Guaratiba. Pela narração dos quotidianos, pôde-se organizar toda a rede de insídias, de cavilosas mentiras, de falsas promessas com que ele tinha cercado a pobre e ingênua vítima, cuja desonra determinou o suicídio da mãe. Ele, como de hábito, não falava de seus namoros a ninguém, muito menos a seu pai e a sua mãe; entretanto, para ganhar a confiança da pobre menina, dizia na carta que dissera à mãe que muito a amava, ou textualmente: "confessei a mamãe que lhe amava loucamente" e avisava-lhe: "*privino*-lhe que não ligues ao que lhe disserem, por isso *pesso-te* que preze bem o meu sofrimento"; e, assim, nessa ortografia e nessa sintaxe, acabava: "Pense bem e veja se estás resolvida a fazer o que *diçestes* na tua cartinha", etc.

Confessava-se um infeliz "que tanto lhe adora" e lamentava não ser correspondido.

Em outra, mostrava-se interessado pela saúde de Nair; e, depois de dar instruções como devia deixar a janela para que ele a pulasse, contava: "tão depressa soube que estavas de cama fui ao doutor R. S. saber o que você tinha, ele disse-me que você tinha feito a loucura de molhar os *peis* na água fria" etc., etc. Nessa altura, entrava em detalhes secretos da vida feminina e aduzia: "foi uma grande tristeza em saber que o doutor R. S. sabe de teus particulares moral" (sic).

No fim da missiva, ou quase, dizia: “enfim que eu devo fazer ‘se você não quer ser inteiramente minha’ como eu sou teu.”

Não se demorou muito na casa do tio. O doutor, orgulho de sua irmã Salustiana e protetor sempre por ela posto em foco para as despudoradas aventuras do sobrinho, desconfiando que este tramava uma das suas nos arredores do seu sítio, sem mais detença, embarcou-o para a casa da irmã, mãe de Cassi, dizendo-lhe que ficasse com o filho, porque sobrinho como aquele, ele, doutor Baeta Picanço, desejava nunca ter em casa.

Não foi logo diretamente para a casa paterna, que era numa das primeiras estações de quem vem da Central. Ficou pelo Engenho de Dentro, de onde mandou, por Ataliba do Timbó, um bilhete à mãe, pedindo instruções. A mãe respondeu-lhe que viesse para casa; mas evitasse, por todos os meios, encontrar-se com o pai. Tinha ela arranjado as coisas, e ele teria sempre onde comer e dormir.

Foi-lhe reservado o porão na parte dos fundos, e a chácara como recreio, onde raramente o pai ia. Jantava, almoçava e tomava café no compartimento do porão onde morava. Logo na primeira manhã que despertou no seu humilhante aposento familiar, pensou logo em ir ver as suas gaiolas de galos de briga — o bicho mais hediondo, mais antipático, mais repugnantemente feroz que é dado a olhos humanos ver. Estavam em ordem; sua mãe cuidara deles, como lhe pedira.

Galos de briga eram a força de suas indústrias e do seu comércio equívocos. Às vezes, ganhava bom dinheiro nas apostas de rinhadeiro, o que vinha ressarcir os prejuízos que, porventura, anteriormente houvesse tido nos dados, e, assim, conseguia meios para saldar o alfaiate ou comprar sapatos catitas e gravatas vistosas. Com os galos, fazia todas as operações possíveis a fim de ganhar dinheiro; barganhava-os, com “volta”, vendia-os, chocava as galinhas, para venda dos frangos a criar e educar, presenteava pessoas importantes, das quais supusesse, algum dia, precisar do auxílio e préstimos delas, contra a polícia e a justiça.

Incapaz de um trabalho continuado, causava pasmo vê-lo cuidar todas as manhãs daqueles horripilantes galináceos, das ninhadas, às quais dava milho moído, triguilho, examinando os pintinhos, um por um, a ver se tinham bouba ou gosma.

Fosse se deitar a que hora fosse, pela manhã lá estava ele atrapalhado com os galos malaios e a sua descendência de frangos e pintos.

Nunca suportara um emprego, e a deficiência de sua instrução impedia-o que obtivesse um de acordo com as pretensões de muita coisa que herdara da mãe; além disso, devido à sua educação solta, era incapaz para o trabalho assíduo, seguido, incapacidade que, agora, roçava pela moléstia. A mórbida ternura da mãe por ele, a que não eram estranhas as suas vaidades pessoais, junto à indiferença desdenhosa do pai, com o tempo, fizeram de Cassi o tipo mais completo de vagabundo doméstico que se pode imaginar. É um tipo bem brasileiro.

Se já era egoísta, triplicou de egoísmo. Na vida, ele só via o seu prazer, se esse prazer era o mais imediato possível. Nenhuma consideração de amizade, de respeito pela dor dos outros, pela desgraça dos semelhantes ou de ditame moral o detinha quando procurava uma satisfação qualquer. Só se detinha diante da força, da decisão de um revólver firmemente empunhado. Então, sim...

Algumas boas lhe aconteceram. Tinha ele notado que uma moçoila com livros e ares de normalista, na viagem de trem, o olhava muito.

Marcou-lhe a fisionomia e, ao dia seguinte, à mesma hora, pôs-se na estação, à espera dela; não veio. Esperou outro trem, não veio. Assim, esperou diversos. No outro dia, após esse, foi mais feliz; ela veio. Procurou lugar conveniente e pôs-se a fazer trejeitos. A moça não lhe deu importância. Durante dias, insistiu. Um belo dia, ele vai muito calmo, à cata da ingrata, quando ela apareceu acompanhada de um rapaz que, pela intimidade com que a tratava e pela idade que revelava à primeira vista, parecia ser irmão ou marido da moça. Habituado a lidar com parentes dessa natureza, mas fracos, não se intimidou. Os dois no banco ao lado dele, seguem viagem, palestrando calmamente. Cassi os olha insistentemente. Chegam à Central, e o rapaz despede-se da moça, que segue para a sua escola. Volta-se o cavalheiro e procura com o olhar o senhor Cassi.

— É o senhor?

Cassi Jones responde:

— Sou eu.

— Desejava muito falar-lhe. Vamos à confeitaria; é coisa particular, e nós lá estaremos à vontade tomando um vermouth[15].

Cassi fica com a pulga atrás da orelha e acompanha o desconhecido, que, com ar risonho e caminhando, vai dizendo:

— O senhor talvez não me conheça. Porém eu, meu caro senhor, o conheço muito bem. Nos subúrbios, todos conhecem as suas habilidades, senhor Cassi Jones; e, embora esteja lá morando há pouco, já tive notícias do seu valimento.

Cassi assustava-se com a calma do rapaz e pôs-se a medir-lhe os músculos. Não trouxera a navalha, porque tinha medo de ser preso, por causa do negócio da Nair e do suicídio da mãe dela; e armado... Mediu a musculatura do desconhecido. Era antes fraco do que forte, mas parecia disposto. Chegaram à confeitaria e sentaram-se. O caixeiro serviu o vermouth, e, quando iam em meio, o outro disse abruptamente para Cassi:

— O senhor sabe quem é aquela moça que vinha a meu lado?

Colhido de surpresa, não pôde tergiversar e disse prontamente:

— Não sei absolutamente.

— É minha irmã — afirmou o desconhecido.

— Também não sabia — respondeu docilmente o terrível Cassi.

— Não podia saber, naturalmente — justificou o rapaz. — Saio cedo de casa para o escritório e volto tarde, pois janto e almoço na cidade. Agora, eu chamei o senhor para lhe dizer uma coisa: se o senhor continuar a perseguir minha irmã, meto-lhe cinco tiros na cabeça.

---

15 Tipo de bebida alcoólica [N.E.]

Ao dizer isto, foi tirando dos bolsos de dentro do paletó um magnífico Smith & Wesson, muito reluzente e com um luxuoso cabo de madrepérola.

Cassi redobrou o esforço para não denunciar o susto e, simulando calma, disse:

— Mas, meu caro senhor, creio que nunca faltei com o respeito devido à senhora sua irmã.

— É verdade, mas é preciso deixar de persegui-la — confirmou o outro e logo acrescentou, como que dando por acabada a entrevista. — Quer tomar alguma coisa mais?

— Não. Muito obrigado.

Despediram-se, sem se apertarem as mãos, e Cassi foi para a sua roda, com Ataliba do Timbó, Zezé Mateus, Franco Sousa e Arnaldo. Um deles perguntou-lhe:

— O que queria aquele sujeito contigo?

— Nada. É meu vizinho e, sabendo que sou morador antigo, pediu-me que lhe arranjasse um cavalo para vender, que ele me dava uma comissão.

Cassi era assim e assim mantinha a sua fama de valente. Não julguem que tinha estima e amizade por esses rapazes que andavam sempre com ele. Ele não os amava, como não amava ninguém e com ninguém simpatizava. Era uma corte digna dele, que o iludia do vácuo feito em torno dele, por todos os rapazes daquelas bandas.

Ataliba do Timbó era um mulato claro, faceiro, bem-apessoado, mas antipático pela sua falsa arrogância e fatuidade. Foi operário em uma oficina do Estado. Meteu-se com Cassi e, aos poucos, abandonou o emprego, abandonou a mãe, de quem era único arrimo, e quis imitar o mestre até o fim. Foi infeliz. Arranjou uma complicação policial e matrimonial de donzelas, nas quais Cassi era useiro e vezeiro, e saiu-se mal. Obrigaram-no a casar; mas teve a hombridade de ficar com a mulher, embora, resignadamente, ela sofresse toda a espécie de privações no horrível subúrbio de Dona Clara, enquanto ele andava sempre muito *suburbanamente* elegante e tivesse vários uniformes de futebol.

Tirava proventos do jogo de dados ou campista, e também do futebol, em que era considerado bom jogador — *plêiel*, como dizem lá.

De vários clubes, havia sido expulso ou se havia demitido voluntariamente, porque os companheiros suspeitavam-no ser peitado pelos adversários para facilitar estes fazer pontos. Ultimamente, era agente de jogo de bicho, e sua mulher viera gozar de mais algum conforto.

Pobre Ernestina! Era tão alegre, tão tagarela, era moça e bonitinha na sua fisionomia miúda e na sua tez pardo-clara, um tanto baça, é verdade, mas não a ponto de enfeá-la, quando conheceu Ataliba; e hoje? Estava escanzelada, cheia de filhos, a trair sofrimentos de toda a espécie, sempre mal calçada, quando, nos tempos de solteira, o seu luxo eram os sapatos! Quem te viu e quem te vê!

Zezé Mateus era um verdadeiro imbecil. Não ligava duas ideias; não guardava coisa alguma dos acontecimentos que assistia. A sua única mania era beber e dizer-se valente. Topava todos os ofícios; capinava, vendia peixe e verdura com cesto à cabeça; era servente de pedreiro, apanhava e vendia passarinhos, como criança, e tinha outras habilidades desse gênero.

Era branco, com uma fisionomia empastada, cheia de rugas precoces, sem dentes, todo ele mole, bambo. A sua testa era deprimida, e era longo e estreito o seu crânio, do feitio daqueles a que o povo chama "cabeça de mamão-macho".

Totalmente inofensivo, quase inválido pela sua imbecilidade nativa e pela bebida, uma família a quem ele prestava pequenos serviços — ir às compras, ao açougue, lavar a casa — dava-lhe um barracão na chácara onde dormia, e comida, se estivesse presente às refeições. Encontrava-se nessa ruína humana o melhor da turma e o único que não tinha maldade no coração. Era um ex-homem e mais nada.

O Franco Sousa, este, era um malandro mais apurado, que, uma vez ou outra, aderia ao grupo de Cassi. Intitulava-se advogado e vivia de embrulhar os crédulos clientes que lhe caíam nas mãos. Todos sabiam que ele não tratava de coisa alguma, pois não podia absolutamente tratar, seja por não saber coisa alguma das tricas forenses, seja por não ser, de verdade, advogado. Assim mesmo, sempre apareciam ingênuos roceiros, simplórias viúvas, que, no pressuposto de que os seus serviços na justiça — sobre a demarcação de terras litigiosas ou despejos de inquilinos relapsos — fossem mais baratos, procuravam-no. Ele recebia os adiantamentos e, em seguida, mais algum dinheiro, conforme a ingenuidade e a falta de experiência do cliente, e não fazia nada. Entretanto, vivia muito decentemente com a mulher, filhos e filhas. Cassi não lhe pisava em casa, e, aos poucos, foi se afastando do violeiro, a conselho da mulher, que zelava extremamente pela reputação das filhas, que se faziam moças.

O último dos asseclas do modinheiro era um tal Arnaldo, Arnaldo *tout court*. Nele, talvez houvesse tipo mais nojento do que mesmo em Cassi. A sua profissão consistia em furtar no trem: chapéus-de-sol, bengalas, embrulhos dos passageiros que estivessem a dormitar ou distraídos. De tarde, ele fazia a especialidade dos embrulhos; e, à noite, às vezes, a altas horas, postava-se na beira da plataforma de estação pouco frequentada e, quando o trem tomava movimento e impulso, arrebatava rapidamente os chapéus dos passageiros, através da portinhola, principalmente se de palha e novos. Vendia-os, no dia seguinte, como vendia os chapéus-de-sol, as bengalas e o conteúdo dos embrulhos, se fosse de coisa vendável; roupas de lã ou branca, livros, louça, talheres, etc.

Se fossem, porém, doces, frutas, queijos, biscoitos, grãos, ele levava para a casa e contava à mulher que só arranjara dinheiro para comprar aquelas guloseimas para as crianças. Usava dos mais imprevistos estratagemas para não pagar a casa de sua moradia. Numa, tendo ficado a dever oito meses, apresentando-lhe o cobrador com os recibos, pediu-os para examiná-los e ficou com eles, alegando que ia consultar pessoa competente em matéria de selo, porquanto as estampilhas não lhe pareciam legais. Nunca mais os devolveu, e, apesar de todas as ameaças, ainda ficou morando na casa quatro meses. Os seus vizinhos contavam que ele tinha também o hábito de arrebatar as notas do Tesouro das mãos das crianças, quando as encontrava sós também a caminho das vendas, onde iam fazer compras para as casas paternas, levando-as à mostra, na imprevidência natural de crianças.

Inútil é repetir que Cassi não tinha nenhuma espécie de amizade por esses rapazes, não pela baixeza de caráter e de moral deles, no que ele sobrelevava a todos; mas pela razão muito simples de que a sua natureza moral e sentimental era sáfara e estéril. A seus pais e às suas irmãs, não o prendia nenhuma dose de afeição, por menor que fosse. Mesmo com sua mãe, que o tinha retirado muitas vezes dos xadrezes policiais, em vésperas de seguir para a detenção, ele só tinha manifestações de ternura quando estava às voltas com a polícia ou com os juízes. O seu fundo e os seus princípios explicavam de algum modo essa sua aridez moral e sentimental.

A sua educação e instrução foram deveras descuradas. Primeiro nascido do casal, quando as exigências da manutenção da família obrigavam seu pai a trabalhar dia e noite, não pôde este, pois poucas horas passava em casa, vigiá-las convenientemente. Rebelde, desde tenra idade, a doçura para com ele por parte de sua mãe e os prejuízos dela impediram-na que o corrigisse convenientemente, assiduamente, no tempo próprio. Não ia ao colégio; fazia "gazeta", correndo pelas matas das cercanias da residência dos pais, então em Itapiru, com outros garotos. O que faziam, pode-se bem adivinhar; mas a mãe fingia não perceber, passava a mão pela cabeça do filho querido, nada dizia ao pai, que quase mourejava durante as vinte e quatro horas do dia. Cresceu assim, sem nenhuma força moral que o comprimisse; e o pai seria a única.

Ao melhorarem as suas condições financeiras, com uma promoção a propósito e a compra daquela casa, na estação do Rocha, com o produto de uma herança que tocara à mulher, Manuel de Azevedo veio encontrar, aos treze anos, o filho completamente viciado, fumando às escâncaras, mal lendo, aos gaguejos, e escrevendo ainda muito pior. Pô-lo nos "Salesianos" de Niterói. As informações semanais eram péssimas; e, ao fim de três ou quatro meses de colégio, não sabemos que torpeza lá cometeu que, uma bela tarde, acompanhado de um padre magro, com uma cortante figura angulosa de asceta, veio a ser entregue Cassi ao pai, em casa. Falou-lhe o reverendo em particular, e Manuel de Azevedo, quase chorando, despediu-se do reverendo, que insistia nas desculpas, e respondendo deste único feitio ao eclesiástico:

— Os senhores têm razão, muita razão. Eu é que me sinto infeliz por ter um filho bastante mau e vicioso com tão pouca idade. Que castigo, meu Deus!

A mulher quis saber o motivo da expulsão, mas a dignidade e a vergonha de pai fizeram que nem mesmo à sua mulher ele o dissesse.

Propôs, dias depois, à sua esposa, que pusesse o rapazola a aprender um ofício, a fim de discipliná-lo. Dona Salustiana revoltou-se e esbravejou:

— Meu filho aprender um ofício, ser operário! Qual! Ele é sobrinho de um doutor e neto de um homem que prestou muitos serviços ao país.

Sempre lembrado dos seus duros começos em que ela muito o ajudara e o animara, Manuel tinha, pela mulher, uma grande e sincera afeição, evitando o quanto possível contrariá-la e, por isso, não teimou dessa feita. Meses depois, porém, logo que chegou em casa, a mulher e as filhas, chorando, pedem que vá soltar Cassi, que estava preso em uma delegacia. O menino já roçava pelos dezesseis anos e mostrava-se assim precoce na carreira de falcatruas. Havia sido preso, pelo respectivo vigia, no interior de uma casa vazia quando procurava arrancar encanamentos de chumbo para vender.

O pai, então, voltou à ideia de pô-lo em uma oficina, a ver se o trabalho manual, já pelo cansaço, já pela convivência com pessoas honestas e de trabalho, desviava-o do mau caminho que ele estava iniciando. A mãe concordou com grande repugnância, e ele foi ser aprendiz de tipógrafo.

No fim de um mês, porém, era despedido, porque, tendo ido receber uma conta de cartões de visitas, uns cinco mil-réis ou pouco mais do que isso, voltara sem dinheiro, dizendo que o tinha perdido. Revistado convenientemente, foi-lhe o dinheiro encontrado quase intacto entre a botina e a meia.

A fascinação pelo dinheiro e sua absorção nele eram o seu fraco. Queria-o; mas sem trabalho e para ele só. As menores dívidas que fazia, não pagava; não oferecia nada a ninguém. Houve quem, o conhecendo e sabendo dessa sua sovinice doentia, explicasse os seus desvirginamentos seguidos e as suas constantes seduções a raparigas casadas como sendo a resultante da aridez de dinheiro, que o encaminhava a amores gratuitos; e de uma atividade sexual levada ao extremo, que a sua estupidez explicava.

Seja devido a esta ou àquela causa, a este ou àquele motivo, o certo é que nele não havia nevrose ou qualquer psicopatia que fosse. Não cedia a impulsos de doença; fazia tudo muito calculadamente e com todo o vagar. Muito estúpido para tudo o mais, entretanto, ele traçava os planos de sedução e desonra com a habilidade consumada dos escroques de outras naturezas. Tudo ele delineava lucidamente e previamente removia os obstáculos que antevia.

Escolhia bem a vítima, simulava amor, escrevia detestavelmente cartas langorosas, fingia sofrer, empregava, enfim, todo o arsenal do amor antigo que impressiona tanto a fraqueza de coração das pobres moças daquelas paragens, nas quais a pobreza, a estreiteza de inteligência e a reduzida instrução concentram a esperança de felicidade num Amor, num grande e eterno Amor, na Paixão correspondida.

Sem ser psicólogo nem coisa parecida, inconscientemente, Cassi Jones sabia aproveitar o terreno propício desse mórbido estado d'alma de suas vítimas, para consumar os seus horripilantes e covardes crimes. E, quase sempre, o violão e a modinha eram seus cúmplices…

3

Marramaque, apesar de sua instrução defeituosa — senão rudimentar —, tinha vivido em roda de pessoas de instrução desenvolvida e educadas, e convivido em todas as camadas. Era de uma cidadezinha do Estado do Rio, nas proximidades da Corte, como se dizia então. Feito os seus estudos primários, os pais empregaram-no num armazém da cidade. Estávamos em plena escravatura, se bem que nos fins, mas a antiga Província do Rio de Janeiro era próspera e rica, com as suas rumorosas fazendas de café, que a escravaria negra povoava e penava sob os açoites e no suplício do tronco.

O armazém em que Marramaque era empregado havia de tudo: ferragens, roupas feitas, isto é, camisas, calças, ceroulas grosseiras para trabalhadores; armas, louças, etc., etc. Comprava diretamente nos atacadistas da Corte; além disso, o seu proprietário era intermediário entre os pequenos lavradores e as grandes casas da Capital do Império, isto é, comprava as mercadorias àqueles, por conta destas, com o que ganhava comissão.

Marramaque era contemplativo e melancólico, e vivia debruçado ao balcão do armazém, ouvindo os tropeiros e peões contar histórias de todo o gênero: façanhas de valentia, maus encontros pelos caminhos desertos, proezas de desafio à viola e de amor roceiro.

No gênio, não saía ao pai, que era um minhoto[16] ativo, trabalhador, reservado e econômico.

Em poucos anos de Brasil, conseguiu juntar dinheiro, comprar um sítio em que cultivava os chamados "gêneros de pequena lavoura", aipim, batata-doce, abóboras, tomates, quiabos, laranja, caju e melancia, dando-lhe esta última cultura, pelos fins do ano e começo do seguinte, lucros razoáveis. Com o correr do tempo, comprara um bote; duas vezes por semana, acompanhado de um companheiro a quem pagava, trazia ele mesmo os produtos de sua lavoura, navegando por um pequeno rio, mais ou menos canalizado, atravessando a Guanabara até o Mercado. Vinha com o "terral" e voltava com a "viração".

O filho não seria capaz dessas proezas; mas, como sua mãe, que, embora quase branca, tinha ainda evidentes traços de índio, seria capaz de cantar o dia inteiro modinhas lânguidas e melancólicas.

Havia, quando rapazola, muitas névoas na sua alma, um diluído desejo de vazar suas mágoas e os sonhos: no papel, em verso ou fosse como fosse; havia também um forte sentimento de justiça. O espectro da escravidão, com todo o seu cortejo de infâmias, causava-lhe secretas revoltas.

Certo dia, um viajante, que pousara no armazém, deixara, por esquecimento, na mesa do quarto em que fora hospedado, um volume das Primaveras, de Casimiro de Abreu.

Ele nunca havia lido versos seguidamente. Nos jornais que lhe caíam à mão, mesmo nos retalhos deles e em páginas soltas de revistas que vinham parar no armazém para embrulho, é que lera alguns. Dessa forma, encontrando, no seu natural melancólico, cheio de uma doce tristeza e de um obscuro sentimento da mesquinhez do seu destino, terreno propício, o livro de Casimiro de Abreu caiu-lhe

16 Diz-se daquele da região portuguesa do Minho [N.E.]

n'alma como uma revelação de novas terras e novos céus. Chorou e sonhou com os doridos queixumes do sabiá de São João da Barra e não deixou de notar que, entre ele e o poeta das Primaveras, havia a semelhança de começarem ambos sendo caixeiros de uma casa de negócio da roça. Cristalizada a emoção profunda que lhe causara a leitura dos versos do gaturamo fluminense, Marramaque resolveu agir, isto é, instruir-se, educar-se e... fazer versos também. Para isso, precisava sair dali, ir para a Corte.

De quando em quando, pousavam no armazém, onde dormiam também caixeiros-viajantes de grandes casas da Corte que tinham negócios com o senhor Vicente Aires, patrão de Marramaque.

O seu natural bom, prestativo, a sua irradiação simpática, provinda dos seus sonhos vagos e amontoados, faziam-no estimado deles todos. Havia um, entretanto, que ele estimava mais. Era um rapaz português, o senhor Mendonça, Henrique de Mendonça Souto. Em tudo, ele era o contrário do pobre Marramaque. Era alegre, folgazão, tagarela, bebia o seu bocado; mas sempre honesto, leal e franco.

Certa noite, estando ele hospedado nos fundos do armazém do senhor Vicente Aires, de volta de uma partida de "manilha", na casa do sacristão da Matriz, o alegre "cometa" veio a encontrar o caixeiro Marramaque lendo o volume de Casimiro de Abreu. Era alta noite, passava da meia, e, como o caixeiro tinha que se erguer às cinco da manhã para abrir o armazém e atender a tropeiros e viajantes em preparativos de partida, tal fato causou pasmo a "Seu" Mendonça:

— Ainda lês, menino! E não te lembras que daqui a pouco deves estar de pé, filho de Deus!

— Esperava o senhor.

— E mais esta! Então tu pensas que eu mesmo não sabia despir-me à cama? Que lês?

— Primaveras, de Casimiro de Abreu.

O caixeiro-viajante acabou de vestir-se e deitou-se. Depois de cobrir-se, perguntou a Marramaque:

— Tu gostas de versos, rapaz?

Hesitou em responder, mas Mendonça fez rispidamente:

— Dize lá, rapaz; porque nisto não vai crime algum. Está a ver-se, rapaz! Dize!

— Gosto, sim senhor — fez o caixeiro timidamente.

— Pois deves ir para o Rio — acudiu Mendonça com pressa — estudar e... quem sabe lá?

— Se eu arranjasse um emprego na Corte...

Mendonça pensou um pouco e disse:

— Na casa, não te serve. Há muito serviço e tu não te acostumas... És aprendiz de poeta, tens inclinação para essas coisas de versos e te aborrecerias. O que te serve, era trabalhar numa farmácia. Fala a teu pai que eu te arranjo a coisa. Escrevo-te logo que chegar ao Rio.

Mendonça cumpriu a palavra, e o pai consentiu que ele viesse para o Rio. Marramaque foi trabalhar numa farmácia e, à noite, ia completando a sua instrução conforme podia, nas instituições filantrópicas de instrução que existiam no tempo.

Logo, tratou de fazer versos, e, certa vez, foi surpreendido por um dos *habitués* da farmácia compondo uma poesia. As farmácias, naquele tempo, eram o lugar de encontro de pessoas graves e sisudas da vizinhança, que, à tarde, após o jantar, iam a elas espairecer e conversar. Quem surpreendeu o jovem Marramaque fazendo versos foi o senhor José Brito Condeixa, segundo oficial da Secretaria de Estrangeiros, poeta também, mas, de uns tempos para cá, somente festivo e comemorativo. Além de publicar nos dias de gala sonetos e outras espécies de poesias alusivas à festa, não se esquecia nunca de comemorar as datas domésticas da família imperial em versos de um lavor chinês. Esperava o hábito da Rosa, mas só veio a ter no fim do Império, quando retirou da Imprensa Nacional o terceiro volume da Sinopse da Legislação Nacional, na parte que se refere ao Ministério de Estrangeiros.

Lendo os versos do adolescente, Brito Condeixa gostou e jurou que havia de proteger o caixeirozinho. Falou ao patrão, e ele foi se empregar numa papelaria-livraria na Rua da Quitanda. Frequentada por poetas e literatos que ensaiavam os primeiros passos, nos últimos quinze anos do Império, com eles se relacionou e sempre era escolhido para secretário, gerente e tesoureiro de suas efêmeras publicações. Deixou o emprego da papelaria, sem zanga; atirou-se às refregas e às decepções da pequena imprensa, com ardor e entusiasmo, sangue republicano e abolicionista, sobretudo abolicionista.

Esse jornalismo contrário e efêmero pouco ou quase nada lhe dava para a sua manutenção. Vivia uma vida de privações e necessidades prementes. Sem deixar os companheiros poetas, escritores, parodistas, artistas, ele se improvisou guarda-livros ambulante, fazendo escritas aqui e ali, com o que ganhava para ter casa, comida, roupa e até, às vezes, socorrer os camaradas.

Manteve-se sempre absolutamente solteiro.

Guardava da sua vida de acólito da boêmia literária recordações muito vivas, que gostava de contar, ensopando-as de comovida saudade. Anedotas deste, casos com aquele, expedientes daquele outro, ele narrava com chiste e firmeza de lembrança; mas, ao que parece, a figura de seu tempo que mais o impressionou foi a de um pequeno poeta, que nunca teve seu quarto de hora de celebridade e hoje está totalmente esquecido. A respeito dele, Marramaque se referia com o sentimento profundo de quem se lembra de um irmão muito amado:

— Ah! O Aquiles! Que alma! Que poeta! O senhor — dirigindo-se ao interlocutor ocasional — não o conheceu?

— Não; não me recordo.

— Nem de nome? Ele deixou obras.

O outro com quem conversava, por delicadeza, respondia:

— De nome, pois não, pois não!

— Que alma era esse Aquiles Varejão! Morreu há pouco tempo, em 94 ou 95; e, se não me falha a memória, na Santa Casa. Morreu na maior miséria; entretanto, tudo o que ganhava (ele era tipógrafo) estava sempre disposto a distribuir com os amigos. Não pude ir vê-lo... Tive o primeiro ataque e estava em tratamento. Lembro-me, porém, do seu último soneto que a Gazeta publicou. Que lindeza! Aquilo era um poeta que não forçava, nem tinha compasso e régua. Ouça só!

E, com uma voz difícil, devido à semiparalisia da parte esquerda da boca, esbugalhando os olhos, devido ao esforço para pronunciar bem as palavras, recitava:

Prostrado nesta enxerga, sinto a vida
Ir, pouco e pouco, procurando o nada;
Pra mim não há mais sol de madrugada,
Mas sim tremor da luz amortecida.

Prazeres onde estais? Longa avenida
De amores, que trilhei nesta jornada?
Tudo acabou. É justa esta pousada,
Antes que dobre o sino da partida.

Feliz quem tem família! Tem carinho
De mãe, de esposa, e, em derredor do leito,
Não sofre o horror de achar-se tão sozinho.

Porém ao meu destino estou sujeito;
Devo, batendo as asas, sem ter ninho,
Buscar, quem sabe? um mundo mais perfeito?

O Marramaque, quase sempre, acabava de recitar os versos do amigo com os olhos úmidos; e o ouvinte, não só pela dor demonstrada pelo declamador, mas também pelo tom de lamento do soneto, comovia-se também e, antes de qualquer pergunta, comentava:

— É bonito! É mesmo lindo.

Marramaque, poeta *raté*[17], tinha uma grande virtude como tal: não denegrir os companheiros que subiram nem os que ganharam

17 Do francês, fracassado [N.E.]

celebridade. A todos gabava, sem que por isso não lhes notasse as falhas de caráter.

Tendo vivido assim, em vários e diferentes meios, ganhando experiência e conhecimento dos homens e das coisas da vida, estava apto para julgar bem quem era Cassi Jones. Ademais, devido à sua convivência com literatos, poetas e escritores, adquirira o hábito tirânico de ler diariamente todos os jornais que apanhava na repartição, e não fazia lá outra coisa, devido a seu estado de saúde.

De quando em quando, ele encontrava notícias mais que escabrosas, às vezes sangrentas mesmo, em que estava envolvido o nome do famigerado violeiro. De umas delas, ele se lembrava perfeitamente, porque lhe havia causado, na sua alma vagarosa de idealista e sonhador, de poeta que quis ser amoroso e cavalheiresco, a maior revolta e um movimento de nojo irreprimível.

Joaquim dos Anjos não estava a par dela, pois não tinha hábito de ler jornais e pouco tagarelava com as pessoas de suas bandas suburbanas. Marramaque apoiou-se em contador e por alto.

Num dos subúrbios, na proximidade da casa de Cassi, veio a residir um casal. A mulher era moça, fruída de carnes, alta, cheia de adornos, grandes olhos negros, um tipo do Sul, ao que parece do Rio Grande. O marido, que era oficial de Marinha, maquinista, era amorenado, tirando a mulato, baixo, sempre triste, curvado e pensativo. Apesar da diferença de gênios que se percebia, e de idade que estava à mostra, pareciam viver bem. Quase sempre saíam à tarde, iam a festas, a teatros; aos domingos, procuravam visitar os arrabaldes pitorescos e voltavam à noite. Tomavam comida fora e só tinham uma rapariguita preta, de uns dezesseis anos, para os serviços leves da casa. Não se sabe como, Cassi conseguiu conhecer a gaúcha e seduzi-la. Mal o marido saía, ele se metia na casa da moça com violão e tudo. A vizinhança murmurava contra aquela pouca-vergonha. Fosse de que fonte fosse, o marido veio a saber e, um dia, de revólver em punho, furioso, fora de si, louco, totalmente louco, penetrou na casa e alvejou a mulher com dois tiros de revólver, de cujos ferimentos veio a morrer horas depois. Após ter alvejado mortalmente a mulher, correu em perseguição de Cassi, que, descalço, de calças e em mangas de camisa, saltava cercas e muros para se pôr fora do alcance do marido indignado.

Entregando-se à prisão, o oficial maquinista contou toda a sua desdita e o causador dela. O delegado mandou procurar Cassi e conseguiu pilhá-lo à noite. Os agentes deram uma batida nos matos, e o galã fugitivo foi preso e recolhido ao cárcere.

Por ocasião dessa prisão foi que ele veio a conhecer Lafões. Tinha este sido detido e recolhido ao xadrez por ter feito um distúrbio num botequim, onde tomara uma bebedeira, em comemoração a ter acertado uma centena no bicho.

Quando Cassi foi recolhido, já Lafões estava no xadrez havia quatro horas.

Cassi, que fugira do revólver do oficial, sem paletó e sem colete, em cujas algibeiras estava o seu dinheiro, não pudera comprar cigarros; mas Lafões os tinha. O profissional da sedução pediu-lhe um, que lhe foi dado. Disse, então, para Lafões:

— Vou te soltar, meu velho. Tu és uma bela alma.

— Por que vosmecê está preso, meu caro senhor?

Cassi respondeu com muita calma e indiferença, como se tratasse de um acontecimento vulgar:

— Por nada. Coisas de mulheres, meu velho. É o meu fraco.

Pela grade do xadrez, dirigiu-se a um soldado, a quem conhecia, e falou-lhe baixo qualquer coisa. Em breve, foi a praça substituída por outra. Vendo isso, Cassi disse para o velho Lafões:

— Estás aqui, estás na rua. Mandei o soldado falar ao meu chefe político: e ele vai interessar-se para que sejas solto.

— E vosmecê?

— Não te importes comigo. Tenho que depor...

Na verdade, Lafões foi solto; não houve, porém, qualquer intervenção do chefe político de Cassi. Libertou-o o próprio comissário que o prendera e o conhecia como homem regrado e qualificado.

Entretanto, o guarda das obras públicas sempre supôs que a sua libertação tivesse sido obra de Cassi, por isso lhe era grato e o defendia com todo o ardor.

Lafões era um homem simplório, que só tinha agudeza de sentidos para o dinheiro que vencia. Vivendo sempre em círculos limitados, habituado a ver o valor dos homens nas roupas e no parentesco, ele não podia conceber que torvo indivíduo era o tal Cassi; que alma suja e má era a dele, para se interessar generosamente por alguém.

Muito diferente do guarda era Marramaque, cujo âmbito de vida sempre fora mais amplo e mais variado. Abraçava um maior horizonte de existência humana...

Quando aquele lembrou que se convidasse o celebrizado violeiro, o contínuo viu logo os perigos que a presença do profissional da desonra das famílias podia trazer à paz e ao sossego que reinavam na casa de Joaquim dos Anjos.

Além de compadre, Marramaque era profundamente amigo do carteiro, que o auxiliava nos seus transes de toda a ordem: um pouco, originados pelos hábitos boêmios que, de todo, não perdera; um pouco, pela exiguidade de seus vencimentos, com os quais sustentava uma irmã viúva e dois filhos dela, ainda menores, com os quais morava, nas proximidades de Joaquim.

Na sua vida, tão agitada e tão variada, ele sempre observou a atmosfera de corrupção que cerca as raparigas do nascimento e da cor de sua afilhada; e também o mau conceito em que se têm as suas virtudes de mulher. *A priori*, estão condenadas, e tudo e todos pareciam condenar os seus esforços e os dos seus para elevar a sua condição moral e social.

Se assim acontecia com as honestas, como não pensaria sobre o mesmo tema um malandro, um valdevinos[18], um inconsciente, um vagabundo cínico, como ele sabia ser o tal Cassi?

Durante o jantar, ainda se falou muito a respeito, mas com as reservas que a assistência de uma moça pedia que fossem tomadas.

18 Mesmo que malandro, vadio ou desocupado [N.E.]

— Vamos experimentar, meu caro Marramaque. "Ele" sabe com quem se mete...

— Eu cá, por mim, nada tenho a dizer dele. Sempre me tratou muito bem e sou-lhe grato.

— É que você, Lafões, não lê os jornais.

— Que jornais! Que nada! Tudo que lá vem neles é mentira.

Clara ouvia esse diálogo com muita atenção e forte curiosidade. Num dado momento, não se conteve e perguntou:

— O que é que esse Cassi faz, padrinho?

A mãe acudiu ríspida, dizendo:

— Não é de tua conta, bisbilhoteira!

A única filha do carteiro, Clara, fora criada com o recato e os mimos que, na sua condição, talvez lhe fossem prejudiciais. Puxava a ambos os pais. O carteiro era pardo-claro, mas com cabelo ruim, como se diz; a mulher, porém, apesar de mais escura, tinha o cabelo liso.

Na tez, a filha tirava ao pai; e no cabelo, à mãe.

Joaquim era alto, bem alto, acima da média, ombros quadrados e rija musculatura; a mãe, não sendo muito baixa, escapava à média da altura de nossas mulheres em geral. Tinha ela uma fisionomia medida, de traços breves, mas regular; o que não acontecia com o marido, que era possuidor de um grosso nariz, quase chato, e malares salientes. A filha, a Clara, havia ficado em tudo entre os dois; média deles, dos seus pais, era bem exatamente a filha de ambos.

Habituada às musicatas do pai e dos amigos, crescera cheia de vapores de modinhas e enfumaçara a sua pequena alma de rapariga pobre e de cor com os dengues e o simplório sentimentalismo amoroso dos descantes e cantarolas populares.

Raramente saía, a não ser para ir bem perto, à casa de Dona Margarida, aprender a bordar e a costurar, ou com esta ir ao cinema e a compras de fazendas e calçado. A casa dessa senhora ficava a quatro passos de distância da do carteiro. Apesar de ser uso nos subúrbios irem as senhoras e moças às vendas fazer compras, Dona Engrácia, sua mãe, nunca consentiu que ela o fizesse, embora de sua casa se avistasse tudo o que se passava no armazém do "Seu" Nascimento, fornecedor da família.

Essa clausura mais alanceava sua alma para sonhos vagos, cuja expansão ela encontrava nas modinhas e em certas poesias populares.

Com esse estado de espírito, o seu anseio era que o pai consentisse na visita do famoso violeiro, cuja má fama ela não conhecia nem suspeitava devido ao cerco desvelado que a mãe lhe punha à vida; entretanto, supunha que ele tirava do violão sons mágicos e cantava coisas celestiais.

Joaquim dos Anjos, afinal, tendo o assentimento da mulher e também curioso de conhecer as habilidades de Cassi, no violão e na trova popular, consentiu que Lafões o trouxesse em sua casa, no dia do aniversário de Clara. Viria aquela vez e não viria mais...

Lafões acolheu a resposta com viva alegria e tratou de entender-se com o tocador mal afamado. Fez. Quando os seus companheiros de vagabundagem souberam, comentaram cinicamente o convite:

— Conheço bem esse carteiro. Ele não trabalha aqui; mas na cidade, na zona dos bancos.

Deve ter dinheiro. Tem um pancadão de filha, meu Deus! Que torrão de açúcar!

— Então estás feito, hein, Cassi? — fez ingenuamente Zezé Mateus, àquela tendenciosa observação de Ataliba do Timbó.

Cassi, o mestre suburbano do violão, o dedo da modinha, fingiu-se aborrecido e retrucou com fingido desgosto:

— Vocês mesmo é que me desacreditam. Dizem coisas que não fiz e não faço, e todo mundo me enche de desprezo, senão de ódio. Não sou essas coisas que dizem de mim.

Timbó teve vontade de rir à vontade, mas, embora mais forte do que Cassi, tinha este sobre ele um ascendente moral que não se explicava. Zezé Mateus, porém, com o seu peculiar meio-riso de imbecil, fez:

— Estou brincando, meu "nego". Sou teu amigo, tu sabes.

Eles conversavam sempre de pé, parados pelas esquinas. Raramente, sentavam-se a uma mesa de café. Aquela intempestiva observação do Ataliba, seguida do comentário de Zezé Mateus, arrefecera a palestra da sociedade. Despediram-se, e cada um foi para o seu lado.

Cassi, que fingira aborrecer-se com a tendenciosa notícia de Timbó e o comentário de Zezé, ficou, ao contrário, muito contente com ela. Tinha resolvido não ir à tal festa; mas, pelo que informara Ataliba, talvez não tivesse nada a perder. Experimentaria.

Mordeu os lábios e seguiu para o clube, com a consciência leve e o coração alegre...

4

Veio o dia da festa. A pequena casa regurgitava e, coisa curiosa, havia mais convidados de meia idade que moças e rapazes. Isso se explicava pela estreiteza de relações de Clara e dos seus pais, devido à vida que levavam. Entre as moças, havia duas ou três colegas de Clara, a filha de Lafões, uma sobrinha solteirona, Hermengarda, de Dona Engrácia, e poucas mais. Entre os rapazes, havia dois jovens colegas de Joaquim, Sabino e Honório; um irmão de Hermengarda e um afilhado de Lafões, que era vigia do cais do porto. Em compensação, as senhoras, mães de família, eram inúmeras. Destacava-se muito Dona Margarida Weber Pestana, pelo seu ar varonil, tendo sempre ao lado o filho único, de quatorze anos, fardado com uma fardeta de colegial. Tinha essa senhora um temperamento de heroína doméstica. Viera muito cedo para o Brasil, com o pai, que era alemão; ela, porém, havia nascido em Riga, russa portanto, como sua mãe o era. Antes dos dezesseis anos, ficara órfã de mãe. Seu pai emigrara para o Brasil, contratado a trabalhar no acabamento das obras da Candelária. Era estucador, marmorista, um pouco escultor; enfim, um operário fino, para essas obras especiais de revestimento e decoração interna de edifícios suntuosos.

Bem cedo, mostrou ela inclinação por um tipógrafo que comia na "pensão" que havia montado na Rua da Alfândega e dirigia ativamente. Casaram-se e ele morreu dois anos depois após o casamento, de tuberculose pulmonar, deixando-lhe o filho — o Ezequiel — que não a largava. Ano e meio depois, morreu-lhe o pai, de febre amarela. Continuou com a "pensão", mas bem cedo vendeu-a e comprou uma casita nos subúrbios, aquela em que morava, quase junto de Joaquim.

Costurava para fora, bordava, criava galinhas, patos e perus, e mantinha-se serenamente honesta. O senhor Ataliba do Timbó deu em certa ocasião em persegui-la com ditinhos de amor chulo. Certo dia, ela não teve dúvidas: meteu-lhe o guarda-chuva com vigor. À noite, no intuito de defender as suas galinhas da sanha dos ladrões, de quando em quando, abria um postigo[19], que abrira na janela da cozinha, e fazia fogo de revólver. Era respeitada pela sua coragem, pela sua bondade e pelo rigor de sua viuvez. O Ezequiel, seu filho, puxara muito ao pai, Florêncio Pestana, que era mulato, mas tinha os olhos glaucos, translúcidos, de sua mãe meio eslava, meio alemã, olhos tão estranhos — olhos tão estranhos a nós e, sobretudo, ao sangue dominante no pequeno.

Afora Dona Margarida Pestana, notava-se Dona Laurentina Jácome, uma velha, sempre metida com rezas e padres, pensionista do ex-Imperador e empregada numa capelinha da vizinhança, de cuja limpeza era encarregada, inclusive da lavagem das toalhas dos altares. Não podia conversar outra coisa que não fossem acontecimentos eclesiásticos e, quase sempre, os de sua igreja:

— A senhora não sabe, Dona Engrácia, de uma coisa?

— O que é?

— O Padre Santos, este mês, disse mais de vinte missas e só recebeu cinco. Pobre Padre Santos! É mesmo um santo!

19 Mesmo que fresta [N.E.]

E contraía a fisionomia enrugada e, erguendo-a um pouco, apertava as mãos ao jeito de quem reza.

Além desta, havia uma digna de nota: era Dona Vicência. Morava na vizinhança também e vivia de deitar cartas e cortar "coisas-feitas". O seu procedimento era inatacável e exercia a sua profissão de cartomante com toda a seriedade e convicção.

Havia outras sem nada de notável, como entre os cavalheiros só havia um que se destacava. Convém não esquecer que Lafões e Marramaque lá estavam a postos. O cavalheiro digno de nota era um preto baixo, um tanto corcunda, com o ombro direito levantado, uma enorme cabeça, uma testa proeminente e abaulada, a face estreitante até acabar num queixo formando, queixo e face, um "V" monstruoso na parte anterior da cabeça, e, na posterior, no occipital desmedido, acaba o seu perfil monstruoso. Chamava-se Praxedes Maria dos Santos; mas gostava de ser tratado por doutor Praxedes.

A monstruosidade de sua cabeça o pusera a perder. Por tê-la assim, julgou-se uma inteligência, um grande advogado, e pôs-se a frequentar cartórios, servindo de testemunha, quando era preciso, indo comprar estampilhas, etc., etc.

Com o tempo, tomou algumas luzes e atirou-se a tratar de papéis de casamento e organizou uma biblioteca particular de manuais jurídicos, de índices de legislação, etc., etc. Vestia-se sempre de fraque, botinas de verniz ou gaspeadas e não dispensava a pasta indicadora de homens de leis. Quando foi moda ser de rolo, ele a usou assim; quando veio a moda de ser em saco — como a trazem agora os advogados — ele comprou uma luxuosa de marroquim com fechos de prata.

Não falava senão em leis e decretos:

— Porque — dizia ele — a Lei 1.857, de 14 de outubro de 1879, diz que a mulher casada, no regime do casamento, não pode dispor dos seus bens, ter dinheiro em bancos, na Caixa Econômica; entretanto, o Decreto 4.572, de 24 de julho de 1899, determina...

Afora o seu amor a esse embrulho legislativo, gostava de versos; mas não de modinha.

Era este o cavalheiro mais notável que havia vindo ao baile de anos de Clara. É que, até àquele momento, com grande desgosto para as moças, o trovador Cassi não havia ainda aparecido.

Clara não ocultava o seu desapontamento; e uma de suas colegas lhe dizia em confidência:

— Clara, toma cuidado. Este homem não presta.

A moça não respondia, encaminhava-se para a sala de jantar, a fim de disfarçar a emoção, simulando ir beber água.

Clara estava bem vestidinha. Era inteiramente de crepom o seu vestido, com guarnição de renda de indústria caseira, mas bonita e bem trabalhada; o pescoço saía-lhe nu e a gola do casaco terminava numa aba debruada de rendas. Calçava sapatos de verniz e meias. Nas orelhas tinha grandes africanas e penteara-se de bandós, rematando o penteado para trás; na altura do pescoço, um coque, fixado por um grande pente de tartaruga ou coisa parecida.

Quando ela foi beber água, seguiu-lhe a sua amiga Etelvina, uma crioulinha espevitada, sua antiga colega do colégio. Vestia-se esta com um mau gosto de aborrecer. Todo o vestido era azul-celeste, com rendas pretas; os sapatos amarelos e as meias cor de abóbora. Ao redor da cabeça, dividindo a testa ao meio, uma fita vermelha, de um vermelho muito berrante. Os gregos chamavam este adorno feminino de *stephané*, e, ao que parece, as portadoras não eram lá tidas como virtuosas.

Essa Etelvina era a primeira dançarina do baile, não tinha até ali perdido uma contradança.

A orquestra era composta de flauta, cavaquinho e violão — um "terno", como denominam os seresteiros.

O baile ia adiantado, quando a filha de Lafões veio correndo do portão do mimoseado jardim que enfrentava a casa, anunciando alegre:

— Ê vem aí, "Seu" Cassi.

Entrou. Houve um estremecimento que percorreu os convivas, como um choque elétrico. Todas as moças, das mais diferentes cores, que ali, a pobreza e a humildade de condição esbatiam e harmonizavam, logo o admiraram na sua insignificância geral, tão poderosa é a fascinação da perversidade nas cabeças femininas. Nem César Bórgia, entrando mascarado, num baile à fantasia, dado por seu pai, Alexandre VI, no Vaticano, causaria tanta emoção. Se não disseram: "É César! É César!", codilharam: "É ele! É ele!"

Os rapazes, porém, não ficaram contentes pressentindo essa satisfação das damas e, entre eles, puseram-se a contar a biografia escabrosa do modinheiro.

Apresentado por Lafões aos donos da casa e à filha, ninguém lhe notou o olhar guloso de grosseiro sibarita sexual que deitou para os seios empinados de Clara.

O baile continuou animado; Cassi, porém, não dançava e foi reforçar o terno de cavaquinho, flauta e violão, com o seu instrumento.

Dona Margarida, com o seu porte severo, olhava as damas, sentada ao sofá austríaco, tendo ao lado o filho. A polca era a dança preferida, e todos quase a dançavam com requebros próprios de samba. Os convidados que não dançavam se haviam espalhado por várias partes da casa. Joaquim, Lafões e Marramaque ouviam o doutor Praxedes explicar o que era um *habeas corpus* preventivo.

— Exemplifico — dizia o doutor Praxedes, erguendo a mão direita catedraticamente, com o indicador apontado para o teto. — É uma medida perfeitamente jurídica de profilática, porque...

Nisto acode o "doutor" Meneses, um velho rechonchudo, com a mania de saber todas as ciências, vivendo na maior miséria, apesar de exercer clandestinamente a profissão de dentista.

— Doutor Praxedes — acudia o doutor Meneses — não julgo a comparação própria. Cada ciência tem seu campo próprio...

A discussão tomava vulto e Joaquim se levantou. Sempre que ele fazia isso, Meneses seguia com os olhos o carteiro, a ver se ele ia até a cozinha mandar pôr a ceia. O sábio dentista viera à última hora, na esperança que a houvesse. Não lograra dinheiro para tomar um caldo. Joaquim, porém, aborrecido com a discussão, fora simplesmente até à sala de visitas convidar:

— Quem quiser tomar alguma coisa, comer biscoitos, é só vir cá dentro. Não façam cerimônia.

Toda a vez que o anfitrião dizia isso, Meneses comia duas empadas e quatro sanduíches e bebia uma boa talagada de parati.

O dono da casa convidava Cassi especialmente; mas este não bebia, não gostava. Não era esse o seu prazer...

De uma feita, indo à sala, Joaquim convidou-o:

— Por que não canta, "Seu" Cassi?

Até ali, não se falara nisso, e, repinicando as cordas do violão, não deixava o famoso mestre violeiro de devorar sorrateiramente com o olhar lascivo os bamboleios de quadris de Clara, quando dançava.

Ninguém se atrevia a convidá-lo; todos esperavam que o dono da casa o fizesse. Feito o convite, ele respondeu cheio de uma cerimônia afetada:

— Estou sem voz: esfalfei-me muito ontem, no baile do doutor Raposo e...

Vendo que seu pai o havia convidado, Clara animou-se:

— Por que não canta, "Seu" Cassi? Dizem que o senhor canta tão bem...

Esse "tão bem" foi alongado maciamente. Cassi concertou, com apurada pelintragem e com ambas as mãos, a pastinha oleosa; limpou, em seguida, os dedos no lenço e respondeu dengoso:

— Qual, minha senhora! São bondades dos camaradas...

Clara insistiu:

— Cante, "Seu" Cassi! Vá!

Ele, então, torcendo a cabeça para o lado esquerdo, cuja mão espalmada abria para o alto, e fingindo constrangimento, respondeu:

— Já que a senhora manda, vou cantar.

Marramaque, que tinha ouvido tudo, ficou espantado com o desembaraço da afilhada.

"Diabo!" fez ele de si para si.

O violeiro, com todo o dengo, agarrou o violão, fez estalar as cordas e avisou:

— Vou cantar uma modinha velha, mas muito gentil e literária: *Na Roça.*

Muitos circunstantes ficaram desapontados, porque já a conheciam; mas outros gostavam muito da modinha e aprovaram a escolha.

Cassi começou:

"Mostraram-me um dia
Na roça dançando
Mestiça formosa
De olhar azougado[20]*..."*

Isto tudo era dito quase aos poucos, sem modulação alguma, enquanto o violão repinicava as mesmas notas, numa indigência musical, numa monotonia de sons, que dava sono. Quando chegava ao estribilho:

"Sorria a mulata
Por quem o feitor
Diziam que andava
Perdido de amor."

Por aí ele empregava o seu *tic* invencível de tocador de violão e cantor de modinha. Cantando, revirava os olhos e como que os deixava morrer. O Cardeal de Retz[21] diz, nas suas famosas Memórias, que madame de Montayon, ou uma outra qualquer duquesa, ficava mais bela quando os seus olhos morriam. Cassi talvez ficasse mais — se ele tivesse alguma beleza. Entretanto, esse seu *tic* impressionava as damas.

20 Mesmo que bravo ou irritado [N.E.]

21 Referência a Jean François Paul de Gondi (1613-1679), ou Cardeal de Retz, clérigo francês escritor de memórias [N.E.]

Clara, que sempre a modinha a transfigurava, levando-a a regiões de perpétua felicidade, de amor, de satisfação, de alegria, a ponto de quase ela suspender, quando as ouvia, a vida de relação, ficar num êxtase místico, absorvida totalmente nas palavras sonoras da trova, impressionou-se profundamente com aquele jogo de olhar com que Cassi comentava os versos da modinha. Ele sofria, por força, senão não punha tanta expressão de mágoa, quando cantava, pensava ela.

Tão embevecida estava, tão longe pairava o seu pensamento que, quando Cassi acabou, se esqueceu de aplaudir o troveiro que, para o seu rudimentar gosto, lhe tinha proporcionado tão forte prazer artístico.

Comentava-se ainda a execução do maestro Cassi, e ele ao lado percebia os gabos e críticas. Por esse tempo, como uma aparição em alçapão de mágica, surgiu repentinamente no centro da sala o "doutor" Praxedes, célebre advogado nos auditórios suburbanos. Iniciou:

— Minhas senhoras e meus senhores. Peço-lhes a devida vênia para recitar uma mimosa poesia de um nosso patrício. É uma obra-prima de chiquismo e de moralidade. O seu autor é o Major Urbano Duarte, que morreu, se não me falha a memória, general-de-brigada. Vou recitá-la, se me permitem. Chama-se *A Lágrima*.

Dizendo isto, o seu todo grotesco ainda mais grotesco ficava com a gesticulação desordenada dos braços, que rodavam, duros e hirtos, em torno dos ombros, de cima para baixo. Pareciam asas de um antigo moinho de vento. Começou gritando a primeira estrofe e já se babando pelos cantos dos seus lábios violáceos:

"Cismava à beira-mar, a linda Marieta,
Seguindo tristemente o sulco do vapor,
O qual, fugindo além, sumiu-se no horizonte,
Levando a longe terra o seu primeiro amor."

O seu gritar, o seu babujar, o seu gesticular foram crescendo. Quando chegou ao primeiro terceto do soneto, quase não tinha mais voz. Da assistência, apossara-se uma louca vontade de rir; muitos se contiveram; outros, porém, se retiraram para gargalhar longe. O doutor Praxedes nada via e continuava impávido; afinal acabou:

"Depois, quando o luar banhando a natureza
Em pálidos clarões de luz misteriosa,
Eu vi no arrebentar do mar embravecido
A lágrima a boiar na pétala de rosa."

Ao terminar, recebeu palmas e, sentando-se, cansado de tão estúrdio esforço muscular, ainda disse:

— Essa lágrima é a da Marieta de que "o verso" fala no começo. É preciso que os senhores e as senhoras não se esqueçam desse pormenor.

Marramaque, que até ali, sem ser notado, seguira a insistência com que o trovador Cassi olhava Clara, resolveu pregar-lhe uma peça. Apoiado na sua bengala amiga, com a perna esquerda encolhida, devido aos ataques, e o respectivo braço fixado em ângulo reto — consequência também dos ataques — encaminhou-se para o centro da sala, capengando, a fim de recitar, por sua vez. A parte esquerda da boca era defeituosa também, e isso provocava-lhe muito esforço para pronunciar bem as palavras.

Não atendeu a nenhuma consideração e pôs-se em pé para recitar. Assim é que ia fazer; deu o título da poesia — *Persistência* — e começou naturalmente, como quem já soubera recitar com relativa perfeição, quando estava são. Recitando, olhava sempre para Cassi, que, calado, numa reserva de moço bem-comportado, ficara de pé, encostado ao vão da janela de frente.

Marramaque atacou os versos, saltitando na sala:

"Se às vezes contigo esbarro
e grito, esperneio e berro,
que me traz de há muito zarro

a paixão que aqui encerro,

Tu foges. E a ti me agarro,
cismando: (e nisto não erro)
Se eu tenho uma alma de barro,
tu mostras que a tens de ferro.

E se nada mais espirro
é porque, então, se não corro,
a coisa já cheira a esturro.

Que queres? Eu próprio embirro
com este amor por que morro,
mas é que sou muito burro."

O final causou uma franca hilaridade na assistência, e até Clara riu-se a perder; mas ninguém perguntou quem era o autor, e, se lhe perguntassem, Marramaque não lhe sabia o nome. Era a poesia sem assinatura, num jornal antigo, gostara dela e a decorara.

O povo é avesso a guardar os nomes dos autores, mesmo os dos romances, folhetins que custam dias e dias de leitura. A obra é tudo para o pequeno povo; o autor, nada.

Cassi, que logo antipatizara com Marramaque, percebeu que a coisa era com ele.

Perceberia outro mais burro do que o gabado artista da modinha, tanto era a teimosia com que o velho manco o olhava. Cassi pensou, de si para si: "Este pobre diabo me paga."

O que espantava na ação de Marramaque era a sua coragem. Ele, manco, velho, pobre, lançava um solene desafio àquele valdevinos forte, são, habituado a rolos e rixas.

Cassi não se demorou mais por muito tempo. Pediu o chapéu, despediu-se dos donos da casa e da filha destes, fez um cumprimento em roda e, quando deu com o rosto de Marramaque, com os olhos estranhamente fixos nele, a boca semiaberta, o braço esquerdo fixado em ângulo reto, pela moléstia, arrastou-se. Parecia uma aparição... Deixara de ser o contínuo manco que ele antes tinha visto; era outra coisa, mais do que o simples Marramaque, que o espantava e o fazia tremer.

Com a atitude desassombrada daquele velho manco em face dele e que havia adivinhado, não sabia ele como, os seus maus propósitos em relação a Clara, Cassi sentiu, apesar do seu quase congênito embotamento moral, que havia na vida, ou, por outra, nas relações entre os homens, um guia silencioso e secreto, que pesava os nossos atos e pedia para dar-lhes apoio e encaminhar-nos para uma paz interior e um contentamento conosco mesmos, o emprego, em todas as nossas ações, do Justo, do Leal, do Verdadeiro e do Generoso; e esse guia — ele via agora com o caso de Marramaque — dava forças aos fracos, coragem aos tímidos e uma seráfica e íntima satisfação, quando cumpríamos o nosso dever com honra e dignidade. Esse guia era a Consciência.

Confusamente, ele pensou isso. Mas, ao passar o terror — o pavor que lhe causara o olhar fixo, vitrificado, sobrenatural do velho Marramaque, olhar que o fizera um instante voltar-se para dentro de si mesmo e examinar-se — tornou com pressa ao que era e, fazendo um desdenhoso "*ora*!", repetiu de si para si a ameaça que já fizera: "*Aquele boneco de engonço me paga.*"

Depois da saída de Cassi, ainda se bailou até os primeiros raios da aurora. Meneses, que tinha cochilado bastante, pôde, afinal, pela madrugada, comer um pouco de galinha assada e porco, que havia sobrado do jantar; mas não encetou discussão mais alguma com o doutor Praxedes; mesmo porque este já se havia despedido, por ter de comparecer muito cedo à audiência de um pretor, a fim de inquirir testemunhas num feito importante em que funcionava como advogado.

Quando todos se foram e Clara recolheu-se a seu quarto, que dava para a sala de jantar, Joaquim e a mulher ficaram nela, comendo ainda alguma coisa que sobrara. Foi então que Engrácia disse para o marido:

— Tudo foi muito bem. Todos se portaram decentemente, com respeito; mas uma coisa não quero mais.

— O que é?

— É que esse Cassi venha mais aqui. Dona Margarida me disse que ele é... é um devasso. Você não vê como ele canta indecentemente, revirando os olhos... Não o quero mais aqui. Se ele vier...

— Não é preciso você se zangar, Engrácia; não gostei também dele e não porá mais os pés na minha casa.

Clara, que, deitada, no quarto, havia ouvido toda a conversa, pôs- se, em silêncio, a chorar.

5

Quem conhecesse intimamente Engrácia, havia de ficar espantado com a atitude decisiva que tomou em relação à visita de Cassi. O seu temperamento era completamente inerte, passivo. Muito boa, muito honesta, ativa no desempenho dos trabalhos domésticos; entretanto, era incapaz de tomar uma iniciativa em qualquer emergência. Entregava tudo ao marido, que, a bem dizer, era quem dirigia a casa. Rol de compras a fazer na venda do "Seu" Nascimento diariamente, e também o de legumes e verduras, quem os organizava era o marido, especificando tudo por escrito e deixando o dinheiro para o quitandeiro todas as manhãs, quando ia para o trabalho. De caminho, deixava a lista de gêneros no "Seu" Nascimento, onde pagava tudo por mês.

Qualquer acontecimento inesperado que lhe surgisse no lar, punha-a tonta e desvairada.

Quando ainda tinham a velha preta Babá, que a criara na casa dos seus protetores e antigos senhores de sua avó, talvez um deles, pai dela, ficou Engrácia quase doida, ao ser a velha Babá acometida de um ataque súbito. Não sabia o que fazer. Foi preciso que Dona Margarida interviesse, mandasse chamar o médico, fizesse aviar a receita, tomasse, enfim, as providências que o caso exigia. A velha morreu daí a pouco, de embolia cerebral. Muito Engrácia sofreu com essa morte, pois, não tendo conhecido sua mãe, que morrera aos sete anos, fora Babá que a criara. Os seus protetores eram abastados, descendentes de um alferes de milícias que tinha terras para as bandas de São Gonçalo, em Cubandê. Pouco depois da maioridade, com a morte do chefe da casa, filhos e filhas se transportaram para a Corte, procurando aqueles que empregaram-se nas repartições do governo. Um dos irmãos já habitava a capital do Império e era cirurgião do Exército, tendo chegado a cirurgião-mor, gozando de grande fama. Para a cidade não trouxeram nenhum escravo. Venderam a maioria e os de estimação libertaram. Com eles, só vieram os libertos que eram como da família. Pelo tempo do nascimento de Engrácia, havia poucos deles e delas em casa. Só a Babá, sua mãe e um preto ainda estavam sob o teto patriarcal dos Teles de Carvalho.

Engrácia foi criada com mimo de filha, como os outros rapazes e raparigas, filhos de antigos escravos, nascidos em casa dos Teles.

Por isso, corria de boca em boca serem filhos dos varões da casa. O cochicho não era destituído de fundamento, naquela família composta de irmãs e irmãos, ainda abastada, que se comprazia, tanto uns como as outras, em tratar filialmente aquela espécie de ingênuos, que viam a luz do dia, pela primeira vez, em sua casa. As senhoras, então, eram de uma meiguice de verdadeiras mães.

Engrácia recebeu boa instrução para a sua condição e sexo; mas, logo que se casou — como em geral acontece com as nossas moças — tratou de esquecer o que tinha estudado. O seu consórcio com Joaquim, ela o efetuara na idade de dezoito anos.

Fosse a educação mimosa que recebera, fosse uma fatalidade de sua compleição individual, o certo é que, a não ser para os serviços domésticos, Engrácia evitava todo o esforço de qualquer natureza.

Não saía quase. Era regra que só o fizesse duas vezes por ano: no dia 15 de agosto, em que subia o outeiro da Glória, a fim de deixar uma oferta à Nossa Senhora de sua íntima devoção, e, no dia de Nossa Senhora da Conceição, em que se confessava. Levava sempre a filha e não largava de a vigiar. Tinha um enorme temor que sua filha errasse, se perdesse... A não ser com ela, Clara, muito a contragosto da mãe, saía de casa para ir ao cinema, no Méier e no Engenho de Dentro, e outras vezes — poucas — para fazer compras nas lojas de fazendas, de sapatos e outras congêneres, acreditadas nos subúrbios.

Essa reclusão e, mais do que isso, a constante vigilância com que sua mãe seguia os seus passos, longe de fazê-la fugir aos perigos a que estava exposta a sua honestidade de donzela, já pela sua condição, já pela sua cor, fustigava-lhe a curiosidade em descobrir a razão do procedimento de sua mãe.

Clara via todas as moças saírem com seus pais, com suas mães, com suas amigas, passearem e divertirem-se, por que seria, então, que ela não o podia fazer?

A pergunta ficava sempre sem resposta, porque não havia meio, naquele isolamento em que vivia, de tudo e de todos, de encontrar a que coubesse.

Engrácia, cujos cuidados maternos eram louváveis e meritórios, era incapaz do que é verdadeiramente educação. Ela não sabia apontar, comentar exemplos e fatos que iluminassem a consciência da filha e lhe reforçassem o caráter, de forma que ela mesma pudesse resistir aos perigos que corria.

A mulher de Joaquim dos Anjos tinha a superstição dos processos mecânicos, daí o seu proceder monástico em relação a Clara.

Enganava-se com a eficiência dela; reclusa, sem convivência, sem relações, a filha não podia adquirir uma pequena experiência da vida e notícia das abjeções de que está cheia, como também a sua pequenina alma de mulher, por demais comprimida, havia de se extravasar em sonhos, em sonhos de amor, de um amor *extra real*, com estranhas reações físicas e psíquicas.

Acresce, ainda, que era geral em sua casa o gosto de modinhas. Sua mãe gostava, seu pai e seu padrinho também. Quase sempre havia sessões de modinhas e violão na sua residência. Esse gosto é contagioso e encontrava, no estado sentimental e moral de Clara, terreno propício para propagar-se. As modinhas falam muito de amor, algumas delas são lascivas até. E ela, aos poucos, foi organizando uma teoria do amor, com os descantes do pai e de seus amigos. O amor tudo pode, para ele não há obstáculos de raça, de fortuna, de condição; ele vence, com ou sem pretor, zomba da Igreja e da Fortuna, e o estado amoroso é a maior delícia da nossa existência, que se deve procurar gozá-lo e sofrê-lo, seja como for. O martírio até dá-lhe mais requinte...

As emolientes modinhas e as suas adequadas reações mentais ao áspero proceder da mãe tiraram-lhe muito da firmeza de caráter e de vontade que podia ter, tornando-a uma alma amolecida, capaz de render-se às lábias de um qualquer perverso, mais ou menos ousado, farsante e ignorante, que tivesse a animá-lo o conceito que os bordelengos[22] fazem das raparigas de sua cor.

Cassi era dessa laia; entretanto, Clara, na sua justificável ignorância do mecanismo da nossa vida social, julgava que seus pais eram com ele injustos e grosseiros.

Depois do baile de seu aniversário, quinze ou vinte dias depois, num domingo, Cassi bateu à porta da casa de seus pais. Engrácia estava justamente arrumando a sala de visitas; recebeu-o com visível desgosto e gritou para a cozinha, onde estava Clara:

— Chama teu pai, que está aí "Seu" Cassi.

A moça ia aproximar-se para falar ao modinheiro, quando a mãe lhe disse rapidamente:

— Vá chamar seu pai! Ande!

Joaquim não custou a vir; e, após os cumprimentos, dirigiu-se ao rapaz:

— Que é que manda nesta casa, meu caro senhor?

22 Diz-se dos frequentadores de bordéis [N.E.]

— Nada. Fui visitar um amigo e, passando pela sua porta, resolvi cumprimentá-lo.

— Muito obrigado. A partida de solo está fervendo e eu não me posso demorar.

Cassi olhou um instante, com seu olhar mau, o velho mulato; mas a nada se atreveu.

Estiveram calados dois ou três minutos um diante do outro, até que o famoso violeiro tomou o alvitre de despedir-se. Clara veio saber da cena pela narração que seu pai fez à sua mãe, e ficou aborrecida, cheia de desgostos com eles e com a situação em que estava, imposta por eles, para o seu sofrimento.

Avaliou em algum ranço de revolta o procedimento dos pais. O que queriam fazer dela? Deixá-la ficar para "tia" ou fazê-la freira? E ela precisava casar-se? Era evidente; sua mãe e seu pai tinham, pela força das coisas, que morrer antes dela. Então, ela ficaria pelo mundo desamparada? Cochichavam que Cassi era isto e era aquilo. Dona Margarida e o padrinho eram os que mais falavam mal dele: que era um devasso, um malvado, um desencaminhador de donzelas e senhoras casadas. Como ele poderia ser tanta coisa ruim, se frequentava casas de doutores, de coronéis, de políticos? Naturalmente havia nisso muita inveja dos méritos do rapaz, em que ela não via senão delicadeza e modéstia e, também, os suspiros e os dengos de violeiro consumado.

Uma dúvida lhe veio: ele era branco e ela, mulata. Mas que tinha isso? Havia tantos casos...

Lembra-se de alguns... E ela estava tão convencida de haver uma paixão sincera no valdevinos, que, ao fazer esse inquérito, já recolhida, ofegava, suspirava, chorava; os seus seios duros quase estouravam de virgindade e ansiedade de amar.

De resto, era preciso libertar-se, passear, conhecer a cidade, teatros, cinemas... Ela não conhecia nada disso. Até ir de um pulo à venda do "Seu" Nascimento não tinha licença. Um dia, por inadvertência, faltou sal para preparar o jantar; pois, nem mesmo assim teve licença de ir à venda, e sua mãe não foi, para não deixá-la só. Tiveram que esperar uma hora, até que o caixeiro passasse. Entretanto, o armazém do "Seu" Nascimento não era mal frequentado, e todos que lá paravam eram pessoas de certa consideração e sem pecha alguma. Esta última observação de Clara era inteiramente verdadeira.

Mesmo a Rosalina, mais conhecida pelo apelido pejorativo de madame Bacamarte, apesar da vida má e desgraçada que levava, no armazém se portava com todo o rigor. Era verdadeiramente infeliz essa rapariga. Seduzida em tenra idade, a polícia obrigou o sedutor a casar-se com ela. Nos três primeiros anos, as coisas correram mais ou menos naturalmente. Ao fim deles, devido a reveses, o marido começou a embirrar com ela, a atribuir-lhe toda a sua desgraça, a espancá-la, mas dando alguma coisa com que ela se sustentasse e aos filhos. Já bebia o marido dela; e, por esse tempo, fazia-o sem método nem medida. Bebia a mais não poder: em casa, nos botequins, em toda a parte. Faltava à oficina para beber. Rosalina "pegou" o vício do marido e, do pouco dinheiro que ele lhe dava ou que com o seu trabalho obtinha, comprava parati. O marido devia seis meses de casa — um modesto barracão de madeira, com uma sala, um quarto e um pequeno adendo para a cozinha. O senhorio perseguia-o; ele fugia e deixava com a mulher o encargo de explicar os atrasos. Um belo dia, ela vê entrar o proprietário com dois homens. Nada dizem. Encostam sua escada no telhado e destelham a choupana. Deixou tudo o que tinha na mão dos desalmados. Pede a uma vizinha que fique com um filho; e uma outra, que fique com o mais moço, e correu a atirar-se debaixo do primeiro trem que passou. Sofreu escoriações e fraturas em um braço e uma perna; mas os médicos da Santa Casa conseguiram salvá-la. Saiu renovada, e o seu rostinho de mulatinha sapeca tinha recuperado um pouco o viço e a petulância que devia ter pela puberdade.

Os filhos, a mãe — uma pobre lavadeira — os tinha recolhido. Quanto ao marido, nunca mais o vira. Em começo, portou-se bem; mas bem depressa foi correndo de mão em mão, até que as moléstias venéreas a tomaram de todo, obrigando-a a visitas constantes à Santa Casa para levar injeções e sofrer operações. Proibida de beber, não obedecia à prescrição médica. Quando não tinha dinheiro, obtido de que maneira fosse, esperava pacientemente que as suas galinhas ou as de sua mãe, com quem morava, "pusessem", e logo corria à venda a trocá-los por duzentos ou trezentos réis de parati.

Ela, porém, não fazia "ponto" no armazém do "Seu" Nascimento. Educado e criado na roça, tendo negociado no interior do Estado do Rio onde ainda tinha fazenda, ele gostava que pessoas de certa ordem fossem ao seu negócio ler os jornais e conversar — hábito do interior, como todos sabemos. A sua venda tinha até aqueles tradicionais tamboretes de abrir e fechar das antigas vendas e ainda são conservados nos armazéns roceiros. Ademais, a sua casa de negócio ficava num lugar pitoresco, calmo, pouco transitado, diante das velhas árvores da chácara de Mr. Quick Shays e olhando para uns cumes caprichosos de montanhas distantes. Compravam muitas pessoas, para as quais tinha freguesia certa.

Um deles era o Alípio, um tipo curioso de rapaz que, conquanto pobre e ter amor à cachaça, não deixava de ser delicado e conveniente de maneiras, gestos e palavras. Tinha um aspecto de galo de briga; entretanto, estava longe de possuir a ferocidade repugnante desses galos malaios de rinhadeiro, não possuindo — convém saber-se — nenhuma. Sem ser instruído, não era ignorante; mas era inteligente e curioso de invenções e aperfeiçoamentos mecânicos.

O velho Valentim era um outro frequentador da venda, muito curioso e pitoresco.

Português, com muito mais de sessenta anos, não deixava de trabalhar, chovesse ou fizesse sol. Era chacareiro e, devido talvez ao ofício, que ele o devia exercer há bem perto de quarenta anos, tinha o corpo curvado de modo interessante. Não se sabia se era para trás ou para frente; fazia uma espécie de "S", em que faltassem as extremidades.

Contava longos casos que não se acabam mais, especialmente o João de Calais — como ele pronunciava —, pontilhando a sua longa e enfadonha narração, com rifões portugueses de uma graça saborosa e uma filosofia saloia. Era o que se aproveitava da sua conversa.

Aparecia, também, em certas ocasiões, o Leonardo Flores, poeta, um verdadeiro poeta, que tivera o seu momento de celebridade no Brasil inteiro e cuja influência havia sido grande na geração de poetas que lhe seguiram. Naquela época, porém, devido ao álcool e a desgostos íntimos, nos quais predominava a loucura irremediável de um irmão, não era mais que uma triste ruína de homem: amnésico, semi-imbecilizado, a ponto de não poder seguir o fio da mais simples conversa. Havia publicado cerca de dez volumes, dez sucessos, com os quais todos ganharam dinheiro, menos ele, tanto assim que, muito pobremente, ele, mulher e filhos agora viviam com o produto de uma mesquinha aposentadoria sua, do governo federal.

Raro era sair, porque a mulher punha todo o esforço em que ele o não fizesse. Mandava buscar parati, comprava-lhe os jornais de sua estimação, a fim de que ele permanecesse em casa. As mais das vezes, ele obedecia; mas, em algumas raras, recalcitrava, saía, com quinhentos réis em cobre na algibeira. Bebia aqui, ali, dormia debaixo das árvores das estradas e ruas pouco frequentadas, e quando o delírio alcoólico o tornava forte, despia-se todo e gritava heroicamente numa doentia e vaidosa manifestação de personalidade:

—Eu sou Leonardo Flores!

O povo sabia vagamente que ele tinha celebridade. Chamava-o *o poeta*. No começo, caçoavam dele, mas ao saber de sua reputação, deram em cercá-lo de uma piedosa curiosidade.

— Um homem desses acabar assim, que castigo! — dizia um.

— É *cosa* feita! Foi inveja da *inteligença* dele! — dizia uma preta velha. — Gentes da nossa *cô* não pode *tê inteligença*! Chega logo os *marvado* e lá vai reza e *fêtiço pa perdê* o homem — rematava a preta velha.

Aparecia um circunstante mais prático na sua piedade, vestia novamente o poeta e levava-o para a casa.

Era justamente a ele, Leonardo Flores, que o doutor Meneses procurava, quando, naquela manhã de dia santo e não feriado, entrou na venda de "Seu" Nascimento, mancando, devido à inchação das pernas, e com as suas barbas brancas, abundantes, mas não cerradas, aparadas e tratadas à imitação do nosso último Imperador.

O doutor Meneses galgou a soleira da porta com esforço; parou um instante, logo que se viu no interior da venda, pôs as mãos nas cadeiras e respirou com força.

Após os cumprimentos, perguntou:

— O Flores não tem aparecido?

— Há muito tempo que não vem aqui — fez o "Seu" Nascimento do interior do balcão.

— Fui à casa dele, e disse-me a mulher que havia saído... Preciso tanto dele...

Ao dizer isto, sentava-se no tamborete que o caixeiro lhe abrira e o pusera onde ele estava, o dentista.

Descansou mais um pouco, sorveu mais uma forte dose de ar e, dirigindo-se ao Alípio, perguntou:

— Como vai você, Alípio?

Só estavam na venda Alípio e o velho Valentim, este em pé, encostado ao umbral de uma porta lateral; aquele, estava sentado, lendo um jornal.

Alípio respondeu:

— Vou bem. Não tão bem como o senhor, que anda agora em companhia de "almofadinhas" artistas.

— Como? — fez espantado o dentista particular.

— É o que dizem. Corre aqui que o senhor está toda a noite com o mestre-violeiro Cassi e vários companheiros, num botequim do Engenho Novo.

— É verdade. São todos rapazes decentes, que...

— Então, o Cassi, este é de colete?

— Dizem — interveio "Seu" Nascimento — que esse rapaz...

— É um bandido — acudiu Alípio. — Ele merecia mais do que cadeia; merecia ser queimado vivo. Tem desgraçado mais de dez moças e não sei quantas senhoras casadas.

— Isto é calúnia! — protestou Meneses. — Fala-se muito por aí...

— Que o quê! Os processos têm corrido, os jornais têm publicado, e ele arranja meios e modos para livrar-se das penalidades e lançar na desgraça moças e senhoras — confirmou Alípio.

— Como ele consegue isso? — indagou "Seu" Nascimento.

— No começo, com a proteção do pai. Ao fim do segundo ou terceiro caso que veio a público, o pai não lhe falou mais e nunca mais se interessou pela sua liberdade. Sucederam-se outros e, graças à intervenção da mãe junto a um irmão, médico do Exército, ele pôde arranjar rábulas[23] sem escrúpulos, que, pelos meios mais nojentos, conseguiram retirá-lo das grades da detenção. Caluniava as vítimas com justificações em que eram testemunhas Timbó, Arnaldo e outros tais. Contou-me a Vicência. O senhor não a conhece, "Seu" Nascimento? — perguntou Alípio.

— Quem é? — perguntou por sua vez o taberneiro.

— É aquela crioula velha que vem aqui às vezes, fazer compras para a casa do Major Carvalho. Ela foi empregada na casa do pai de Cassi muito tempo. Um dia (ela não sabe bem por quê) o pai expulsou-o de casa. A mãe mandou-o para a casa do irmão em Guaratiba. Lá, ele fez ou pretendeu fazer uma das suas, mas o tio não esteve pelos autos; despachou-o para a irmã. A muito custo, a mãe conseguiu que ficasse num porão dos fundos, que mal tem a altura dele. Nesse "socavão[24]" é que ele mora e come. Nunca sobe nas dependências superiores da casa, com medo do pai. Se, por acaso, este tiver notícia dessa sua ousadia, põe-no definitivamente na rua.

— Que diz a isso, doutor Meneses? — chasqueou Nascimento.

— Não sei, porque pouco me preocupo com a vida dos outros — hesitou Meneses.

23 Mesmo que "advogados trapaceiros" [N.E.]

24 Mesmo que "grande cova", esconderijo [N.E.]

— Não é da vida dos outros — fez impetuosamente Alípio. — É com a vida de um pirata como Cassi, que não respeita família, nem amizades, nem a miséria, nem a pobreza, para fazer das suas porcarias. É por isso que eu…

"Seu" Nascimento interveio de forma enérgica e pediu calma. Era um homem alto, claro, um tanto obeso, tipo do antigo agricultor patriarcal das nossas velhas fazendas. Ele assim disse:

— Não é necessário indignar-se, Alípio, fique calmo. O monstro não tem mais protetores, como você já disse.

— Tem, "Seu" Nascimento — afirmou Alípio. — Ele é esperto, "é manata[25] escovado".

— Quem é, Alípio? — perguntou Nascimento, indo servir açúcar a um pequeno.

Os fregueses continuavam a chegar; em geral, eram crianças e mulheres. As suas compras eram pobres: dois tostões disso, quatrocentos réis daquilo, compras de gente pobre, em que raramente se via nelas incluído meio quilo de carne-seca ou um de feijão. Tudo não excedia a tostões. Mesmo atendendo aos fregueses sozinho, pois os caixeiros tinham ido correr a clientela fixa do armazém, "Seu" Nascimento não perdia o fio da conversa, e ela continuava naturalmente.

Alípio, habituado a isso, não suspendeu a narração e deu a resposta pedida.

— O protetor dele, agora, é um tal Capitão Barcelos, chefe político na estação de***. Tem influência e foi por saber disso que Cassi aderiu a ele. Já nessa última eleição para uma vaga de intendente, ele funcionou com o seu rancho ao lado de Barcelos. Não houve desordens, porque não apareceu outro candidato; mas ele queria fazer uma para ganhar prestígio. Assim, e aos poucos, vai ganhando a confiança de Barcelos, a ponto do Freitas, que é o sub cabo deste, sentir-se magoado e preterido.

— Quem é esse Barcelos? — fez Nascimento.

25 Mesmo que velhaco, larápio [N.E.]

— É um português, já com os seus cinquenta anos, bom, bom mesmo; mas, tendo ido para a detenção, pronunciado que estava devido a uns tiros que dera em um sujeito, por lhe ter insultado a mulher, produzindo no meliante ferimentos graves, isto há vinte anos, ganhou lá o gosto pela política e lá aprendeu as primeiras noções dessa difícil ciência. Foi na detenção que...

— Ué! — exclamou Nascimento.

— Também você, Alípio... — fez duvidoso Meneses.

Alípio continuou:

— Lá, ele encontrou um político daqui da Capital, que estava na chácara, a responder processo, como mandante de um assassinato. O homem aproximou-se de Barcelos e puseram-se a conversar. Não estavam no cubículo; estavam na enfermaria, ou na sala livre, ou em outro compartimento especial. Barcelos narrou sua vida, que, apesar daquele transtorno, não corria mal. Tinha uma venda em ***; vendia a dinheiro e a crédito para o operariado das fábricas lá existentes; mas era feliz, pois, apesar de fazer muitos fiados, quase não os perdia. Era até estimado pelo seu gênio folgazão e prestativo. O político, que tinha um chefete adversário naquela estação, viu bem, como para desbancá-lo, que podia aproveitar os serviços de Barcelos. "Você, por que não se mete na política?", disse ele um dia. O vendeiro de *** respondeu: "Mas não sou brasileiro, doutor". O seu alto companheiro de cárcere retrucou-lhe: "Eu faço você brasileiro naturalizado, capitão da Guarda Nacional, e você, nas eleições, trabalha para mim e os meus. Trate logo de alistar o maior número de fregueses que você puder". Barcelos assentiu, trabalhou sempre para o tal político, por intermédio do qual arranjou melhoramentos para o lugarejo, valorizando as suas terras e prédios.

— Valeu a pena ir para a detenção!

— É verdade, "Seu" Nascimento. Daí, data a pouca prosperidade de Barcelos, que possui perto de duzentos contos em casas, terrenos e apólices, afora o giro do negócio.

— Você, Alípio, se diz anarquista; mas o que você é, é romancista. Isto é um romance — comentou Meneses.

— Qual, doutor! O senhor é que não sabe como as coisas se fazem. Eu sei. O senhor, por exemplo, não sabe que Timbó levou uma surra de uma senhora que mora aqui perto?

— Não sei — respondeu Meneses.

Quase ao mesmo tempo, Nascimento perguntava:

— Quem é Timbó?

— É um mulatinho faceiro, jogador de futebol e companheiro de Cassi, testemunha sempre escolhida para depor em seu favor, caluniando as vítimas, nos seus imundos processos.

— Foi ele quem levou a surra? — indagou Nascimento.

— Sim; ele, na estação de Todos os Santos, após uma perseguição patética a Dona Margarida.

— Que Dona Margarida? A do 74? — falou com surpresa Nascimento.

— Essa mesma. Deu-lhe de rijo com o guarda-chuva; e, quando ele a quis desarmar, apareceu um cabra morrudo, que o pôs pelas orelhas para fora da plataforma, donde saiu debaixo de vaia. Dos companheiros de Cassi, o único perdoável é o Zezé Mateus. Este não mexe com moça alguma, com família de ninguém, não joga, não faz desordem. Quer beber e bebe à sua custa, porque, quando quer trabalhar, abandona a tudo e salda as suas dívidas. Os mais são uns piratas!

Alípio calou-se, e os seus interlocutores não aventaram nenhuma observação, a não ser o velho Valentim, que havia ouvido toda a conversa, encostado ao portal de pedra, fumando displicentemente o seu cigarro São Lourenço. Ele perguntou, cheio da ingenuidade do campônio que fica sempre na primeira aventura, das preferidas por Cassi:

— Mas, "Seu" Alípio, o senhor acredita que haja gente tão malvada, como esse Cassi?

— Há, e não pouca. Sei de tudo que contei de fonte limpa. É a pura verdade.

O doutor Meneses tinha ficado aborrecido com o tom da conversa. Tinha ido à venda procurar Leonardo Flores para um negócio particular, e encontrara o Alípio a par das suas relações com Cassi e inteirado da vida deste. Diabo! Estaria se comprometendo? Havia já tomado quatro copitos de parati; mas, quando se despediu, tomou um grande. Caminhando pôs- se a pensar:

— Que devia fazer?

Pegou diversas hipóteses e concluiu:

— Ir até ao fim.

A coisa não oferecia nenhum perigo para ele... Isso não o contentou de todo. Procurou distrair-se.

6

A recepção que tivera Cassi na sua segunda visita, seca, hostil, quase sendo despedido à soleira da porta, ao contrário da primeira vez que fora à casa de Joaquim dos Anjos, fizera-o meditar e açulara-lhe o desejo de remover todos os obstáculos que se opunham à sua aproximação de Clara. Por exclusão, ele só viu duas pessoas capazes de lhe estarem atrasando seu "trabalho", começado com tanta rapidez e sem esforço. Quem eram? Só podiam ser Dona Margarida, por causa do "negócio" do Timbó, e o tal manco, que lhe lançara a indireta, em verso, de chamá-lo de burro.

Na sedução propriamente dita, ele não empregava absolutamente nenhuma força — no que era o contrário dos conquistadores suburbanos, a ponto dos jornais noticiarem, de quando em quando, o desespero das vítimas que se fazem assassinas para se defenderem de tão torpes sujeitos. Cassi, entretanto, quando no decorrer de suas conquistas encontrava obstáculos, fosse mesmo da parte do próprio irmão da vítima em alvo, logo procurava empregar violência, para arredá-lo.

É bem de ver que ele sabia com quem se metia; mas, no caso, tratando-se de um quase inválido, a força a empregar seria mínima. E, no que toca a Dona Margarida, ele saberia enganá-la e seduzi-la.

A sua força de valente e navalhista era mais fama do que realidade; mas tinha fama, e muitos se intimidavam. Dava-lhe isso um ascendente sobre os que, de boa-fé e honestamente, podiam prevenir as moças que ele cobiçava, não as prevenindo, não as avisando, não o desmascarando totalmente. Cheios de temor, deixavam o caminho franco ao modinheiro.

A tal respeito, com o seu cinismo de sedutor de quinta ordem, tinha uma oportuna teoria, condensada numa sentença: "*Não se pode contrariar dois corações que se amam com sincera paixão.*"

Colocando ao lado dessa teoria, bem sua, a consideração de que não empregava violência nem ato de força de qualquer natureza, ele, na sua singular moral de amoroso-modinheiro, não se sentia absolutamente criminoso por ter até ali seduzido cerca de dez donzelas e muito maior número de senhoras casadas. Os suicídios, os assassinatos, o povoamento de bordéis de todo o gênero, que os seus torpes atos provocaram, no seu parecer, eram acontecimentos estranhos à sua ação e se haviam de dar de qualquer forma. Disso, ele não tinha culpa.

Para certificar-se quem era que, na casa do "carteiro", fermentava o seu descrédito, Cassi resolveu ir sondar Lafões, em sua casa.

Lafões morava bem próximo do reservatório do Engenho de Dentro. Uma tarde, Cassi tomou o bonde de Piedade, que, para ir a essa estação, logo após o Méier, se interna para os lados da serra, toma ruas despovoadas e, por fim, a do Engenho de Dentro. O caminho era então pitoresco, não só pelos restos de capoeira[26] grossa que ainda havia, mas também pelas casas roceiras de varanda e pequenas janelas de outros tempos. Caminho de "tropa", talvez, os engenheiros da Light só se deram ao trabalho de fazer sumários nivelamentos. Os

---

26 Neste contexto, refere-se à mata que se corta ou é derrubada para obter lenha [N.E.]

altos e baixos, os atoleiros e o lamaçal, consolidados com gravetos e varreduras de capinas, transformaram o caminho do bonde naquele trecho numa montanha-russa, com a lembrança, de um lado e outro do espetáculo do que seriam ou do que são os caminhos do nosso interior, pelos quais nos chegam os cereais e a carne que comemos.

Às vezes, o bonde cruzava com uma tropa de carvoeiros de Jacarepaguá, da Serra do Mateus e outras localidades ainda com florestas aproveitáveis, e tínhamos uma imagem mais viva. Os tropeiros eram gente de sangue muito mesclado, ossudos, jarretes nervosos e finos, pés espalmados, às vezes de feições regulares, mas sempre cobertos de barbas maltratadas e de uma insondável tristeza. Não eram só homens feitos; havia crianças também, a guiar os burros em fila.

Quando o bonde apontava a sacolejar as suas ferragens, estourando que nem um besouro, avisando-os da sua presença próxima com o zunido contínuo do tímpano, ou senão com um apito ao grito de locomotiva, aqueles homens, vivendo tão perto da terra e da natureza espontânea, não deixavam de se assustar e tomar precauções para sua segurança e dos seus pacientes animalejos.

Encostavam bem a tropa a uma ribanceira lateral da rua, quando na encosta; ou afastavam-se para o lado, se havia terreno baldio e sem cerca, quando ela era planície, e ficavam pasmos, diante daquele monstro zunidor que se movia por intermédio de um grosso fio de arame. Os burros, quer num, quer noutro caso, permaneciam indiferentes e punham-se a roer a erva escassa do campo ou a pastar a folhagem que lhes dava sombra e crescia no alto da chanfradura do corte.

Chegou Cassi Jones à casa de Lafões quase à noite. Era uma pequena casa, mas bem tratada e limpa. O pequeno jardim na frente merecia cuidados e, no quintal, aos fundos, cresciam couves e repolhos, a dar saudades de um bom caldo à portuguesa.

Lafões, por aquelas horas após o jantar, tinha por hábito pôr-se em camisa de meia, tamancos e calça, e completar a leitura do jornal que iniciara pela manhã. Sentava-se a uma cadeira de balanço austríaca, que a punha bem junto à janela, tendo, à esquerda, uma cadeira em que repousavam o isqueiro (não usava fósforos) e os cigarros "Fuzileiros".

Estava assim, naquela postura, e enrolava melhor um cigarro, pacientemente, quando lhe bateram no portão de ripas de madeira. Ergueu um tanto o busto e, pondo um pouco a cabeça à mostra, quase rente ao peitoril da janela, perguntou:

— Quem é?

Reconheceu logo:

— É o senhor Cassi.

Ergueu-se e foi ao encontro dele, abrindo a porta de entrada. Tomou-lhe o chapéu pelintra, a bengala ultra-aperfeiçoada e foi dizendo animadamente:

— Por aqui? Sente-se, ora esta! Seja bem-vindo!

O rapaz sentou-se, respondendo:

— Muito obrigado, meu caro "Seu" Lafões.

— Por que não aparece mais vezes, senhor Cassi? — continuou Lafões com amizade.

— Não tenho tido tempo. Nos dias da semana, são os negócios; nos domingos, não dou para os convites. Eu vinha aqui…

— Para quê, senhor Cassi?

— Pedir-lhe uma informação.

— Qual é, senhor Cassi?

— Disseram-me que, no seu escritório, o inspetor está admitindo escreventes, para não sei que serviço extraordinário. O senhor não podia saber se isto é verdade?

— Pois não. Indago ao Braga, que é esperto, ligeiro, e sabe de tudo que lá se passa — explicou Lafões.

— Quando posso vir buscar a resposta?

— Olhe, senhor Cassi, amanhã à tarde não, porque tenho que ir à sessão da minha sociedade; mas, se tem pressa, pode vir depois de amanhã, logo pelas sete ou oito horas.

— Bem — fez Cassi, simulando contentamento. — Desde já agradecido. Como vão sua senhora e seus filhos?

— Bem. A mulher saiu mais o mais moço; foram a não sei que ladainha por aí. É um inferno! Estes padres têm invadido estes subúrbios com mais rapidez que os "turcos" de prestações. É dinheiro para esse santo, é dinheiro para as obras da igreja... Não posso mais! Edméia, porém, está lá no fundo do quintal. Quer tomar café, senhor Cassi?

— É incômodo... Se a sua senhora estivesse, sim, mas...

— Não há incômodo algum. Edméia o aquece no espírito... Só se o senhor Cassi não gosta aquecido?

— Gosto.

— Pois bem, vamos a ele! — e gritou pela filha, com possante voz de homem são — Edméia! Edméia!

Não tardou em aparecer a filha. Era uma gentil menina de doze anos, risonha, com uma fisionomia redonda de traços firmes e finos, cabelos tirando para o louro, cortados à inglesa.

Entrando, exclamou logo:

— Oh! Estava aqui "Seu" Cassi. Que surpresa! Não sabia...

Falou ao rapaz e este lhe disse a esmo:

— Há muito que não a via.

— É verdade, desde o dia de anos de Clarinha... Tem ido lá?

— Não tenho podido.

— Por quê? Parece que lá não gostam do senhor... Principalmente aquele "pé-pé"...

— Menina! — ralhou-lhe o pai. — Não te metas a intrigar os outros... Vá aquecer o café e traze-nos duas xícaras. Vá.

Saindo a menina, Cassi julgou de bom alvitre, para preencher o fim verdadeiro de sua visita, dizer:

— Podem não gostar de mim. Mas a implicância é sem motivo. Nunca...

— Ora, senhor Cassi, o senhor vai dar ouvido a crianças. Elas não sabem o que dizem.

— Agora, meu caro "Seu" Lafões, eu notei no dia da festa que o compadre do senhor Joaquim dos Anjos não me tragava — disse Cassi.

— Isto se explica. Ele foi ou é poeta e tem em conta de coisa nenhuma os cantadores de modinhas. Lá na minha terra, os poetas dos fidalgos e das fidalgas não tragam os fadistas do campo, aos quais chamam de rústicos e outras coisas piores. Em cada ofício, há sempre disso. O senhor não vê como os cocheiros desprezam os barbeiros? Cocheiro que não presta é barbeiro. Marramaque, velho, doente, não sabe disfarçar o seu mau juízo pelos que apreciam o violão e o tocam, cantando modinhas.

— Mas... o "Seu" Joaquim?

— É que eles são compadres e amigos, meu caro senhor Cassi. Está explicado.

Vieram as xícaras de café e a conversa tomou outro rumo. Falaram sobre as festas próximas do centenário da Independência, sobre a crise financeira, mas Cassi em nada disso pensava.

Pensava em Marramaque, o audacioso manco que queria se intrometer no seu amor por Clara. Pagaria bem caro. Despediu-se em breve e, lentamente, deixou-se ir a pé subúrbios abaixo. Eram estranhos aquele ódio e aquela obstinação. Cassi não era, absolutamente, nem mesmo de forma elementar, um amoroso. A atração por uma qualquer mulher não lhe desdobrava em sentimentos outros, às vezes contraditórios, em sonhos, em anseios e depressões desta ou daquela natureza. O seu sentimento ficava reduzido ao mais simples elemento do Amor — a posse. Obtida esta, bem cedo se enjoava, desprezava a vítima, com a qual não sentia ter mais nenhuma ligação especial. E procurava outra.

A sua instrução era mais que rudimentar, mas, assim mesmo, talvez devido a uma necessidade íntima de desculpar-se, gostava de ler versos líricos, principalmente os de amor. Não lia jornais, nem coisa alguma; mas, num retalho apanhado aqui, num almanaque acolá, num livro que lhe ia ter às mãos, sem saber como, conseguia ler alguns e os entender pela metade. Deles, desses sonetos e mais poesias que, por acaso, iam parar em seu poder, ele concluía, com a sua estupidez congênita, com a sua perversidade inata, que tinha o direito de fazer o que fazia, porque os poetas proclamam o dever de amar e dão ao Amor todos os direitos, e estava acima de tudo a Paixão. Vê-se bem que ele não sentia nada do que poetas medíocres, que o guiavam nas suas torpezas, falavam. E, sem querer apelar para grandes ou pequenos poetas, percebia-se perfeitamente que nele não havia Amor de nenhuma natureza e em nenhum grau. Era concupiscência[27] aliada à sórdida economia, com uma falta de senso moral digna de um criminoso nato, o que havia nele.

O verdadeiro estado amoroso supõe um estado de semiloucura correspondente, de obsessão, determinando uma desordem emocional que vai da mais intensa alegria até à mais cruciante dor, que dá entusiasmo e abatimento, que encoraja e entorpece; que faz esperar e desesperar, isto tudo quase ao mesmo tempo, sem que a causa mude de qualquer forma.

Em Cassi, nunca se dava disso. Escolhida a vítima de sua concupiscência, se, de antemão, já não as sabia, procurava inteirar-se da situação dos pais, das suas posses e das suas relações. Em seguida, tratava de encontrar-se com ela num baile ou uma sala de festas e impressioná-la com os seus dotes ao violão. Se percebia que tinha obtido algum sucesso, esforçava-se em reiterar os encontros nos cinemas, nos bondes, nas estações e, na ocasião propícia, aplicava-lhe a carta fatal. Isto tudo era feito com muita calma e discernimento, pacientemente, sem ser perturbado em nenhum movimento de impaciência ou arrebatamento. Se a moça ou a senhora aceitava-lhe os galanteios e as cartas, ele tinha o final como certo; se não, ele não perdia tempo: abandonava os esforços preliminares e esperava que outra mais persuadível aparecesse.

No caso de Clara, ele não estava disposto a acreditar que se houvesse dado a primeira hipótese, porquanto lhe davam certeza disso

27 Termo que designa o apresso ou cobiça por bens materiais e/ou prazeres sexuais [N.E.]

o embevecimento com que o ouvira cantar na noite da festa dos anos dela e a insistência que mostrara em vir falar com ele quando lhe foi à casa do pai pela segunda e última vez. O que lhe parecia, por indícios aqui e ali, é que alguém se havia interposto entre ele e ela, "entre dois corações que se amam", denunciando aos pais dela os seus maus precedentes de conquistador contumaz, de forma a trancarem-lhe aqueles as portas de sua casa, a ele, Cassi.

Agora mesmo, tivera a confirmação dessa suspeita com a ingênua denúncia de Edméia, a filha de Lafões, de que Marramaque, padrinho de Clara, não gostava dele. Era, portanto, prevenir-se contra as "intrigas" do manco e arredá-lo de vez. Cassi sabia que, quase sempre, Marramaque parava na venda do "Seu" Nascimento quando vinha do trabalho. Lá ficava bebericando com outros, até que o negócio se fechasse. A ele, Cassi, não convinha ir por todos os motivos; Timbó não podia também, por ser muito conhecido na localidade, devido à surra que levara; Zezé Mateus era um idiota. Quem iria, então, sondar aquele terreno? O Arnaldo, que não era conhecido no local, nem sabidas eram as suas relações com ele. Muito a contragosto, dirigiu-se para a casa dos pais.

Não tinha dinheiro que prestasse nem para começar o jogo.

O seu socavão doméstico ficava bem debaixo da sala de jantar da casa, que aí acabava o seu corpo principal. As dependências restantes ocupavam um puxado longo. Quando ele entrou, percebeu que na sala de jantar, além do pai, da mãe e das irmãs, havia alguém que não era de hábito e dissera, ouvindo-lhe os passos:

— Há alguém aí?

— É Cassi — dissera a mãe.

— Ele não sobe aqui? — perguntou a visita.

Todos se calaram e se entreolharam, enquanto o velho Manuel de Azevedo explicava o fato em quatro palavras:

— Você queria, Augusto, que eu, chefe de família, que prezo a honra das filhas dos outros como a das minhas, deixasse semelhante miserável sentar-se ao meu lado? Se não o pus de todo para a rua, foi devido à mãe.

— Você tem razão, mano; mas tudo isto que se diz dele pode ser calúnia.

— É também o meu pensamento, Augusto — falou Dona Salustiana.

As moças se haviam calado por pudor, mas o velho Azevedo cortou de vez o argumento da mulher e do irmão:

— Você não leu esses papéis escritos à máquina que mandaram a você, dois dias após você chegar, para o hotel?

— Li.

— Leu as datas, a narração dos fatos, as cartas?

— Li também, mas o tempo...

— Pois tudo é verdade; e ninguém mais do que eu, infelizmente, pode assegurar isso. Em menos de dez anos, esse meu indigno filho fez tudo isso. Não o posso negar em sã consciência. Se não posso...

Ao entrar, Cassi, tendo percebido que a conversa ia versar sobre ele, colocou-se de ouvido atento, embaixo da janela, nada perdendo e conseguindo ouvir esse trecho em que tomava parte o seu tio Augusto, irmão de seu pai, que, havia muito tempo, andava destacado numa alfândega do Norte. Quando o velho Manuel de Azevedo falou em papéis escritos à máquina, trazendo indicações de datas e a narração dos fatos de suas complicações com a polícia e a justiça, Cassi assustou-se. Quem estaria fazendo aquele trabalho surdo? Não era a primeira vez que tivera notícia da existência desse caderno misterioso e misteriosamente distribuído pelo correio. Dissera-lhe um investigador de uma delegacia suburbana que, logo que havia mudança de delegado ou de comissário, numa delas, o novo delegado ou o novo comissário recebia o tal caderno. Apavorava-lhe essa perseguição nas trevas, talvez segura, que, aos poucos, o ia minando. Tão indiferente era ele pela sorte de suas vítimas e tão estúpido se mostrara sempre em não compreendê-las, que não podia encadear raciocínios seguros para ter a procedência, mais ou menos provável, da remessa de tais cadernos.

Precisava fugir, era o que concluía. E ele se sentia ameaçado, não por duendes, mas por alçapões, homens mascarados, cárceres privados, suplícios, etc. — todo o arsenal do maravilhoso das fitas de cinema.

Entretanto, queria antes resolver o caso de Clara, que, apesar de tudo, considerava em meio.

Deitou-se e dormiu regaladamente, até ao alvorecer do dia. Logo que a luz do sol ganhou uma relativa nitidez, ele foi passar revista nas suas gaiolas de galos de briga. Estava tudo a postos, e foi lhes dando milho tirado de uma lata que tinha em uma das mãos, e olhando todos aqueles bichos hediondos, com a ternura de um honesto criador, que revê o seu trabalho nas travessas pesquisas ou na doçura de olhar de seus cordeiros. Aos pintos, deu milho moído, triguilho, e só não deu ovo picado porque não era dia. O seu embevecimento por aquelas horrendas aves era sincero: elas lhe faziam ganhar dinheiro. Olhou-as e perguntou de si para si:

— Quanto valeriam ao todo?

Alguns já lhe haviam oferecido quinhentos mil-réis e ele estava disposto a vendê-las por esse preço, depois que a "coisa" estivesse acabada...

Veio tomar café no socavão, onde a velha Romualda lhe trazia todas as manhãs. Era velha, e a sua velhice a defendia perfeitamente contra qualquer assalto de Cassi. Perguntou-lhe este:

— Meu tio ainda está aí?

— Quem é seu tio, nhonhô?

— Aquele moço que esteve ontem, à noite.

— Ah! Foi embora logo depois do chá.

Não trocaram mais palavras. Depois de servido o café e comido o pão com manteiga, a velha Romualda levou a bandeja com a xícara, e Cassi tratou de vestir-se e sair.

Quase nunca parava em casa. Temia encontrar-se com o pai, que, por isto ou por aquilo, houvesse resolvido ficar no lar, e também por não poder suportar o desdém de suas irmãs. A casa era-lhe mais penosa do que os xadrezes por onde passara dezenas de vezes.

Ia à procura de Arnaldo, que, morando na Estrada Real, vinha no bonde de Cascadura para tomar o trem no Méier. Arnaldo não deixava de um só dia ir "lá embaixo". Esperava sempre fazer um biscate e, quando não o fizesse, arranjar algum "magote"[28] no trem.

Não se enganara. Às nove e pouco, Arnaldo, com o seu nariz de tromba de tapir, os seus olhos arredios e catadores, chegara; Cassi disse-lhe que dele precisava, às cinco horas, ali, e pagou-lhe o café.

— Pois não, Cassi; nas ocasiões é que se veem os amigos. Cá estarei.

Fazendo o sacrifício de perder uma tarde de colheita, Arnaldo chegou na hora marcada.

Cassi explicou-lhe então que devia ir, naquela tarde, à venda do Nascimento, cuja rua e cujo número lhe deu. Chegando lá, simularia ter ido procurar por "Seu" Meneses, que ele conhecia.

— Se ele não estiver? — indagou Arnaldo.

— Você diz que fica à espera e ouve o que se conversa lá. Nela, devem estar, entre outros, o aleijadinho que anda sempre fardado. Ele não conhece você, como os outros, conforme espero. O que você ouvir, guarda e me conta. Se Meneses aparecer, você diz que quero falar com ele, negócio de interesse dele.

Cassi deu-lhe dois mil-réis e ele se pôs a caminho, mas a pé, para poupar o tostão do bonde.

Chegou à venda de "Seu" Nascimento e teve duas decepções. Encontrara dois sujeitos que o conheciam perfeitamente: um era um engenheiro inglês, Mr. Persons, de quem "abafara" uma capa de borracha, e o outro era o Alípio, que até o sabia da roda de Cassi.

Não se deu por vencido e, atravessando por entre Alípio e o velho Marramaque, que conversavam, foi direto ao balcão e perguntou naturalmente:

28 Nesse contexto, o mesmo que furto, facilitado pela aglomeração de pessoas [N.E.]

— O senhor não conhece um velho dentista, por nome Meneses? — e acrescentou — Ele tem vindo aqui?

O taverneiro respondeu:

— Há dias que não — e, dirigindo-se aos circunstantes, por sua vez indagou:

— Vocês têm visto o doutor Meneses?

Todos, porém, responderam que não.

Arnaldo ia dizer obrigado, para retirar-se, quando Mr. Persons perguntou-lhe:

— *Sinhôr*, vem cá!

Arnaldo fez-se jovial.

— Oh! "Seu" mister, como vai?

— Não diga "Seu" mister, é *error*. Bem... Onde está *mia* capa?

— Trago por esses dias, tenho me esquecido.

— Já é duas vezes que *sinhôr* diz isso. Eu *precisa* da capa.

— Não me esquecerei.

E saiu apressado. O negócio da capa fora simples. Persons não viera da cidade são de seu juízo e deixara a capa descansando no banco, ao lado, recostando-se na parede do carro. Pouco antes de certa estação, Arnaldo sentou-se a seu lado, no intento de carregar-lhe a capa. Ao pôr em prática o seu propósito, Persons despertou, mas só pôde dar com o furto quando Arnaldo ia saindo do carro. Gritou: "minha capa". Um condutor ainda agarrou Arnaldo com a carga, mas, quando o Persons deu com o lugar em que estavam ambos, já o auxiliar o tinha largado e o trem se pusera em movimento. Guardara, porém, a fisionomia do gatuno; e, vindo a encontrar-se com ele, perguntara-lhe por essa peça de vestuário e Arnaldo lhe dissera que a havia levado por engano.

Ele saiu corrido de vergonha; mas, vendo que ninguém vinha até às portas da venda, ele voltou e se pôs a ouvir o que diziam.

O mister já acabara de contar a história da capa, quando Alípio, em tom de comentário, dissera:

— Isto que saiu daí é uma peste. Não sabia dessa história de furtos nos trens; mas basta ele ser do bando do tal Cassi para não prestar.

Marramaque acudiu:

— Eu ainda não conhecia este. Vou indicá-lo ao compadre. O tal Trembó ou Tipó, como é?

— Timbó — fez Alípio.

— O tal de Timbó já conheço e já o apontei ao compadre. Por falar nisto, o senhor sabe, "Seu" Nascimento e meus senhores, o que recebi, há dias, pelo correio, na secretaria?

— Não — responderam todos, por sinais ou por palavras.

— A vida desse Cassi.

— Impressa?

— Não. Copiada à máquina de escrever, com fotografias dele, cópias de notícias dos jornais do tempo, indicação das datas dos processos e dos juízes e delegados, tudo!

— Quem lhe mandou? — perguntou Alípio.

— Não sei. Recebi a coisa na secretaria, lá a li e dei-a ao compadre, para se prevenir.

— Com uma boa garrucha[29] — observou Nascimento.

— Ou revólver — ponderou Marramaque.

Ouvindo tudo isto e percebendo que alguém se dirigia à venda, cuja hora de fechar não tardaria, Arnaldo deixou o lugar em que estava e correu ao encontro de Cassi, que devia estar no Engenho Novo.

Encontraram-se, e ele, no que não tinha o menor hábito, contou-lhe toda a verdade vista e ouvida.

Nem Cassi nem Arnaldo eram dados à bebida, mas o momento a pedia. Aquele convidou o seu dedicado companheiro a tomar uma garrafa de cerveja, o que fizeram quase sem conversar.

Acabada, pagaram e levantaram-se. Arnaldo procurou o seu rumo e Cassi meteu-se pela sombria Rua do Barão de Bom Retiro.

---

29 Tipo de arma curta semelhante a uma pistola [N.E.]

Embora não fosse tarde, já se ouviam os tiros que os suburbanos dão, de quando em quando, para afugentar os ladrões dos seus galinheiros.

Um estourou bem perto dele, e Cassi, fingindo-se calmo e sem apreensões, disse à meia voz:

— Ainda não foi desta vez.

7

O subúrbio propriamente dito é uma longa faixa de terra que se alonga, desde o Rocha (ou São Francisco Xavier) até Sapopemba, tendo para eixo a linha férrea da Central.

Para os lados, não se aprofunda muito. Sobretudo quando encontra colinas e montanhas que tenham a sua expansão, mas, assim mesmo, o subúrbio continua invadindo, com as suas travessas e trilhos, pântanos e morrotes. Passa-se por um lugar que supomos deserto, e olhamos, por acaso, o fundo de uma grota, de onde brotam ainda árvores de capoeira; lá damos com um casebre tosco, que, para ser alcançado, se torna preciso descer uma ladeirinha quase a prumo; andamos mais e levantamos o olhar para um canto do horizonte e lá vemos, em cima de uma elevação, um ou mais barracões para os quais não topamos logo da primeira vista com a ladeira de acesso.

Há casas, casinhas, casebres, barracões, choças[30] por toda a parte onde se possa fincar quatro estacas de pau e uni-las por paredes

30 Casa pequena e rústica, normalmente construída de palha ou sobras de materiais [N.E.]

duvidosas. Todo o material para essas construções serve: são latas de fósforos distendidas, telhas velhas, folhas de zinco e, para as nervuras das paredes de taipa, o bambu — que não é barato.

Há verdadeiros aldeamentos dessas barracas, nas coroas dos morros, que as árvores e os bambuais escondem aos olhos dos transeuntes. Nelas, há quase sempre uma bica para todos os habitantes e nenhuma espécie de esgoto. Toda essa população — pobríssima — vive sob a ameaça constante da varíola e, quando ela dá para aquelas bandas, é um verdadeiro flagelo.

Afastando-nos do eixo da zona suburbana, logo o aspecto das ruas muda. Não há mais grades de ferros, nem casas com tendências aristocráticas: há o barracão, a choça e uma ou outra casa desse gênero. Tudo isto muito espaçado e separado; entretanto, encontram-se, por vezes, "correres" de pequenas casas, de duas janelas e porta ao centro, formando o que chamamos "avenida".

As ruas distantes da linha da Central vivem cheias de tabuleiros de grama e de capim, que são aproveitados pelas famílias para coradouro[31]. De manhã até à noite, ficam povoadas de toda a espécie de pequenos animais domésticos: galinhas, patos, marrecos, cabritos, carneiros e porcos, sem esquecer os cães, que fraternizam com todos aqueles.

Quando chega a tardinha, de cada portão se ouve o "toque de reunir": "Mimoso!" É um bode que a dona chama. "Sereia!" É uma leitoa que uma criança faz entrar em casa, e assim por diante.

Carneiros, cabritos, marrecos, galinhas, perus — tudo entra pela porta principal, atravessa a casa toda e vai se recolher ao quintal aos fundos.

Se acontece faltar um dos seus "bichos", a dona da casa faz um barulho de todos os diabos, descompõe os filhos e filhas, atribui o furto à vizinha tal. Esta vem a saber, e eis um bate-boca formado, que às vezes desanda em pugilato entre os maridos.

---

31 Espaço onde se põe roupas para secar ao ar livre [N.E.]

Gente pobre é difícil de se suportar mutuamente; por qualquer ninharia, encontrando ponto de honra, brigam, especialmente as mulheres.

O estado de irritabilidade, provindo das constantes dificuldades por que passam, a incapacidade de encontrar fora do seu habitual campo de visão motivo para explicar o seu mal-estar, fazem-nas descarregar as suas queixas em forma de desaforos velados nas vizinhas com que antipatizam, por lhes parecerem mais felizes. Todas elas se têm na mais alta conta, provindas da mais alta prosápia; mas são pobríssimas e necessitadas. Uma diferença acidental de cor é causa para que se possa julgar superior à vizinha; o fato do marido desta ganhar mais do que o daquela é outro. Um "belchior" de mesquinharias incita-lhes a vaidade e alimenta-lhes o despeito.

Em geral, essas brigas duram pouco. Lá vem uma moléstia num dos pequenos desta, e logo aquela a socorre com os seus vidros de homeopatia.

Por esse intrincado labirinto de ruas e vielas é que vive uma grande parte da população da cidade, a cuja existência o governo fecha os olhos, embora lhe cobre atrozes impostos, empregados em obras inúteis e suntuárias noutros pontos do Rio de Janeiro.

Nem lhes facilita a morte, isto é, o acesso aos cemitérios locais.

Para o de Inhaúma, procurado por uma vasta zona suburbana, os caminhos são maus, e pior do que isto: dão voltas inúteis, que poderiam ser evitadas sem grandes despesas. Os enterros da gente mais pobre são feitos a pé, e é fácil imaginar como chegam os que carregam o morto no campo-santo municipal. Quem passa por aqueles caminhos, quase sempre topa com um. Os caixões de "anjos"[32] são carregados por moças e os destas também pelas da sua idade. Não há para elas nenhuma vestimenta especial. Levam a mesma que para os bailes e mafuás: e lá vão de rosa, de azul-celeste, de branco, carregando a pobre amiga, debaixo de um sol inclemente, respirando

32 No contexto, se refere ao sepultamento de crianças pequenas [N.E.]

uma poeira de sufocar; quando chove, ou choveu recentemente, carregam o caixão aos saltos, para evitar atoleiros e poças d'água.

Os de adultos são carregados por adultos. Nestes, porém, há sempre uma modificação do indumento dos que acompanham. Os cavalheiros procuram roupas escuras, senão pretas; mas, às vezes, surge o escândalo da sua calça branca. Vão muito pouco tristes e, em cada venda que passam, "quebram o corpo", isto é, bebem uma boa dose de parati. Ao chegarem ao cemitério, aquelas cabeças não regulam bem, mas o defunto é enterrado.

Houve porém uma ocasião que o corpo não chegou a seu destino. Beberam tanto que o esqueceram no caminho. Cada qual que saía da venda, olhava o caixão e dizia: "Eles que estão lá dentro, que o carreguem". Chegaram ao cemitério e deram por falta do defunto.

— Mas não era você que o vinha carregando??? — perguntava um.

— Era você! — respondia o outro.

E assim, cada um empurrava a culpa para o outro. Estavam cansadíssimos e semiembriagados. Resolveram alugar uma carroça e ir buscar o camarada falecido, que já tinha duas velas piedosas a arder-lhe à cabeceira. E o pobre homem, que devia receber dos amigos aquela tocante homenagem, dos camaradas levarem-no a pé ao cemitério, só a recebeu a meio, pois, o resto do caminho para a última morada ele a fez graças aos esforços de dois burros, que estavam habituados a puxar carga bem diferente e muito menos respeitável.

Mais ou menos é assim o subúrbio, na sua pobreza e no abandono em que os poderes públicos o deixam. Pelas primeiras horas da manhã — de todas aquelas vielas, alforjas[33], trilhos, morros, travessas, grotas, ruas — sai gente que se encaminha para a estação mais próxima; alguns, morando mais longe, em Inhaúma, em Cachambi, em Jacarepaguá, perdem amor a alguns níqueis e tomam bondes que chegam cheios às estações. Esse movimento dura até às dez horas da manhã e há toda uma população de certo ponto da cidade no número dos que nele tomam parte. São operários, pequenos empregados,

33 Bolsas presas às selas dos cavalos ou burros para carga [N.E.]

militares de todas as patentes, inferiores de milícias prestantes, funcionários públicos e gente que, apesar de honesta, vive de pequenas transações do dia a dia, em que ganham penosamente alguns mil-réis. O subúrbio é o refúgio dos infelizes. Os que perderam o emprego, as fortunas; os que faliram nos negócios, enfim, todos os que perderam a sua situação normal vão se aninhar lá. E todos os dias, bem cedo, lá descem à procura de amigos fiéis que os amparem, que lhes deem alguma coisa para o sustento seu e dos filhos.

Nessas horas, as estações se enchem e os trens descem cheios. Mais cheios, porém, descem os que vêm do limite do Distrito com o Estado do Rio. Esses são os expressos. Há gente por toda a parte. O interior dos carros está apinhado, e os vãos parecem trazer quase a metade da lotação de um deles. Muitos viajam com um pé num carro e o outro no imediato, agarrando-se com as mãos às grades das plataformas. Outros descem para a cidade sentados na escada de acesso para o interior do vagão; alguns, mais ousados, dependurados no corrimão de ferro, com um único pé no estribo do veículo.

Toda essa gente que vai morar para as bandas de Maxambomba[34] e adjacências só é levada a isso pela relativa modicidade do aluguel de casa. Aquela zona não lhes oferece outra vantagem.

Tudo é tão caro como no subúrbio, propriamente. Não há água, ou, onde há, é ainda nos lugarejos do Distrito Federal que o governo federal caridosamente supre em algumas bicas públicas; não há esgotos; não há médicos, não há farmácias. Ainda dentro do Rio de Janeiro, há algumas estradas construídas pela Prefeitura que se podem considerar como tal; mas, logo que se chega ao Estado, tudo falta, nem nada há embrionário.

O viajante que se detém um pouco a olhar aqueles campos de vegetação rala e amarelada — aqueles morros escalavrados, cobertos de intrincados carrascais[35], onde pasta um gado magro e ossudo —

34 Atualmente, corresponde à cidade de Nova Iguaçu, no Estado do Rio de Janeiro [N.E.]

35 Mata onde crescem os carrasqueiros, tipo de arbusto [N.E.]

fica confrangido e triste. Não há nenhuma cultura. As árvores de porte são raras. Nas casas, é raro uma laranjeira florida, nem um mamoeiro semi-espontâneo desce-lhes à entrada.

Os córregos são em geral vales de lama pútrida que, quando chegam as grandes chuvas, se transformam em torrentes, a carregar os mais nauseabundos detritos. A tabatinga[36] impermeável, o barro compacto e a falta d'água não permitem a existência de hortas. Um repolho lá é mais raro que na Avenida Central.

O Rio de Janeiro, que tem, na fronte, na parte anterior, um tão lindo diadema de montanhas e árvores, não consegue fazê-lo coroa a cingi-lo todo em roda. A parte posterior, como se vê, não chega a ser um *neobarbante* que prenda dignamente o diadema que lhe cinge a testa olímpica...

Cassi Jones, em pé na estação do Méier, via passar aqueles trens cheios de homens de trabalho, sem considerar que, quase com trinta anos, até ali, na verdade, não havia nunca trabalhado. O seu pensamento ia para outra parte.

Desde que Arnaldo lhe trouxera notícias do que ouvira na venda, ele se sentia um pouco desanimado nos seus propósitos em relação à filha do carteiro. Ao mesmo tempo, porém, ele percebia que todas aquelas precauções contra ele eram tomadas porque a rapariga não lhe era indiferente. De modo que — concluía ele — precisava saber ao certo os sentimentos de Clara, para então agir. Era necessário ouvir-lhe a palavra, mas como? A ele, não convinha rondar a casa da filha do carteiro. Era conhecido, seria denunciado ao pai, que naturalmente lhe tomaria satisfações. Qualquer que fosse o desfecho do pugilato, ele só teria a perder. A sua fama — a sua má fama — se tinha corporificado naquele fantástico caderno que ia ter a todas as mãos. Não era mais formada de boquejos daqui e dali, em geral anônimos; agora, vinha documentada, com todas as indicações e referências precisas.

---

36 Diz-se de qualquer tipo de argila mole [N.E.]

Havia nele com o que se pudesse condenar um santo. E, se ele agredisse o carteiro Joaquim, toda a simpatia iria para o pai, que defendia até à última extremidade a honra de sua filha, e não para ele, um contumaz e cínico sedutor. Até ali, ele contava com a benevolência secreta de juízes e delegados que, no íntimo, julgavam absurdo o casamento dele com as suas vítimas, devido à diferença de educação, de nascimento, de cor, de instrução. Quanto à segunda e à terceira causas, embora nem sempre se verificasse a segunda, podia-se admitir; mas, quanto às duas outras considerações, eram errôneas, porque ele era tão ignorante e tão mal-educado como eram, em geral, as humildes raparigas que ele desgraçava irremediavelmente.

De resto, ele já não contava com proteção alguma.

No começo, foi seu pai; depois, seu tio, o capitão-médico — ambos solicitados tenazmente por sua mãe. Mas agora? Agora, ele estava certo de que nenhum deles se abalaria e gastaria um centavo de réis por causa dele. Restava o Capitão Barcelos. Neste, porém, ele não depositava grande confiança. Fosse coisa pequena em que nada se gastasse, o capitão o ajudaria; no caso contrário, porém, fugiria com o corpo. Era preciso cautela, senão...

Cassi continuou a pesar os meios que podia encontrar para entender-se com Clara. Com Lafões, ele já não contava. Vira, na última visita que lhe fizera, que o velho português era matreiro. Com ele, não levaria vantagem alguma. Como havia de ser?

Dos bondes continuava a descer gente aos bandos, que se encaminhava apressadamente para a plataforma da estrada de ferro. Alguns iam tomar um café, antes de se encaminharem, definitivamente, para os "varais" da repartição; outros iam até às casas de "bicho" e deixavam lá o jogo; mas todos iam afinal trabalhar, fazer alguma coisa para ganhar dinheiro. Só o senhor Cassi Jones de Azevedo ficava...

— Oh! "Seu" Cassi, como vai essa força?

O menestrel suburbano da modinha lânguida e do acompanhamento luxurioso de olhares revirados voltou-se e reconheceu quem falava:

— Como vai você, Praxedes?

— Eu, "Seu" Cassi, vou bem. Mas esse negócio de foro... Ontem, apresentei uma exceção de incompetência; pensei que fosse julgada logo, mas o juiz transformou o julgamento em diligência... Borrou-me a pintura... Hoje, vou ver se uns embargos meus são recebidos. Tenho que ir lá embaixo... Às vezes, dá-se uma penada e lá vêm vinte, trinta e mesmo cinquenta...

Vendo que a conversa não interessava, Cassi mudou-a de sentido e perguntou:

— Tem ido à casa do carteiro, lá na Rua Teresina?

— Há muito tempo que não. E você?

— Eu só fui lá a convite de um dos músicos. Não tenho relações particulares com a família.

— Por falar nisso: sabe quem saiu agora mesmo daqui?

— Não.

— O doutor Meneses, aquele velho barbado, que sabe muito, não conhece?

Correu alguma coisa na cabeça de Cassi, que o fez perguntar com pressa, antes de responder:

— Para onde ele foi?

— Foi para a casa do carteiro. Está tratando dos dentes da filha e almoça quase sempre lá. Ele precisava, coitado do doutor Meneses! Um homem ilustrado, velho, doente, quase não comia; era só beber. Isso lhe fazia mal, estava queimando "ele" por dentro... Pode-se beber; mas é preciso comer, não acha?

Praxedes não deixava, durante toda a conversa, de mover com os braços, sem medida nem compasso, e esticar a medonha cabeça, que teimava cada vez mais em se enterrar pelos ombros adentro.

— É um achado para ele — fez Cassi, reprimindo a alegria. — Tenho também um trabalho para o Meneses... Se você o encontrar, diga-lhe que eu quero falar com ele.

— Não me esquecerei; mas, caso o senhor tenha pressa, pode procurá-lo à noite, ali, no botequim do Fagundes, perto do posto de bombeiros. Até logo, que tenho que chegar cedo à cidade!

Cassi despediu-se também e encaminhou toda a sua esperança de entender-se diretamente com Clara por intermédio de Meneses. Ele sabia-o velho, prostrado, necessitado, viciado na bebida, sem dinheiro — seria fácil vencer as suas repugnâncias. Pela primeira vez, pensou o modinheiro, tinha que gastar algum...

Em parte ele se enganava, pois, embora Meneses estivesse nas últimas extremidades, até agora não fizera ato menos liso na sua vida. Podia-se classificá-lo de puro. Meneses, José Castanho de Meneses, nascera de pais portugueses, numa cidade do litoral-sul do Estado do Rio de Janeiro. Naqueles tempos, essas cidades eram prósperas, mas, atualmente, têm, para demonstrar a sua irremediável decadência, o fato de não se ter notícia de haver sido construída em quaisquer delas, de quarenta anos a esta parte, uma única casa.

O pai tinha uma loja, um bazar, que ia próspero. Mas, com a decadência da localidade, de que foi um dos fatores a construção da Central, o estabelecimento comercial foi decaindo. O pai viu-se obrigado a suprimir despesas, uma das quais era a da educação e instrução dos filhos. O José, que já tinha dezessete anos, veio para a loja e os outros foram colocados aqui e ali, nas pescarias de "currais" que o pai tinha, e na salga de peixe, levada a efeito muito rudimentarmente, também do velho Meneses.

Aos vinte e dois anos, José, que se aborrecia com aquela vida, pôs o pé no mundo e correu, durante uns trinta, o interior das antigas províncias do Rio, de Minas e de São Paulo. Tudo ele foi, tudo sofreu, mas sempre inquebrantavelmente honesto. Aqui, foi guarda-livros de um armazém; numa fazenda, administrador; num vilarejo, professor das primeiras letras; em certa idade, encontrou um boticário[37] simpático que se fez seu amigo, lhe ensinou a manipular drogas, também a obturar e limpar dentes e a passar pequenas

37 Mesmo que farmacêutico [N.E.]

receitas. Foi onde se demorou mais; mas isto se veio a dar já no fim da sua carreira vagabunda, quando já não podia mudar de rumo. Na vizinhança da cidade, construía-se um depósito e modestas oficinas de pequenos reparos para as máquinas de um ramal férreo que lá ia ter. José, que seguia as obras e via as máquinas, ficou assombrado com aquelas maravilhas de caldeiras, fornalhas, bielas, manivelas, alavancas, que se coordenavam para mover e parar aqueles hediondos monstros de ferro — as locomotivas. Quis entrar no segredo de tudo aquilo e fazia perguntas sobre perguntas. No começo, os operários explicavam; mas as perguntas eram tais e tantas que eles acabaram por se aborrecer com elas e com o velho perguntador. Meneses não se aborreceu, pois se sentia com a vocação de engenharia e de engenheiro. Ali, porém, não tinha onde estudar. Convinha descer para o Rio de Janeiro, frequentar aulas teóricas e aperfeiçoar-se em oficinas adequadas. O dinheiro que tinha era pouco, mas o *boticão* sempre dava alguma coisa, e a renda tinha aumentado, graças à afluência de operários para acabamento da estradinha local.

Ademais, também receitava. Fazia alguma coisa; a questão era economizar. Assim fez e, durante um ano, poupou o dinheiro necessário para ir estabelecer-se no Rio e esperar uma colocação qualquer.

O seu amigo farmacêutico não o quis dissuadir, mas disse-lhe:

— Se você fosse mais moço, aconselharia até, porque se projetam grandes obras no Rio; mas, já tendo passado dos cinquenta, é fazer o que parecer melhor a você. Em todo o caso, vou pedir ao Coronel Carvalho uma recomendação.

Durante esse longo lapso de tempo que vivera fora da família, recebera vagas notícias de seus pais e irmãos. Sabia que os pais tinham morrido e quase todos os irmãos; e que o único que lhe restava era remador da Capitania do Porto e mantinha a irmã solteira, a única que tivera. Moravam lá para a Saúde.

Meneses embarcou contente; ia, afinal, realizar a sua vocação. Até agora não a tinha encontrado; mas, desde que vira aquelas máquinas e maquinismos, sentira outra coisa dentro de si. Não deixou, entretanto, de levar a mala dos ferros de dentista e a carta de recomendação.

No dia seguinte, depois de uma noite insípida no hotel, foi, indagando daqui, informando-se dali, até a Capitania do Porto.

Perguntou pelo remador seu irmão e, sem dificuldades, lhe informaram que, em breve, ele viria. Não esperou muito. Um homenzarrão forte, tostado, com um vestuário de marinheiro, chegou-se ao porteiro e perguntou:

— Quem é que me procura?

O porteiro apontou Meneses, sentado a um banco, e disse:

— É aquele senhor ali.

O irmão não deu muitos passos em sua direção; Meneses ergueu-se logo, correu-lhe ao encontro, perguntando:

— Você não me conhece mais?

— Não, senhor.

— Sou o seu irmão Juca.

Abraçaram-se muito, e o irmão Leopoldo foi dizer ao porteiro quem era e o que havia.

— Há trinta anos! — exclamou o porteiro. — Você devia ser muito criança, hein, Leopoldo? — o marinheiro respondeu:

— Devia ter cinco anos.

— É verdade — informou Meneses.

Leopoldo foi arranjar licença para acompanhar o irmão que não via há trinta anos, e Meneses ficou a conversar com o porteiro sobre coisas da roça.

— Ah! Então o senhor é engenheiro?

— Sim, mas mecânico. Trabalho, porém, com o nível e com o trânsito.

— Agora, deve haver muito trabalho para engenheiro; vão-se fazer grandes obras... Aproveite, doutor!

— Trago aqui uma carta para o Deputado Sepúlveda. Tem influência?

— Muita! É o pensamento da política mineira... Não lhe deixe a aba do fraque, doutor!

A conversa foi interrompida pela chegada de Leopoldo, que obtivera a licença. Pelo caminho, porém, contou a Meneses como todos morreram; como ele se empregara na Capitania e casara a irmã com um colega, o Pedro Rocha, rapaz bom, bem-comportado, do qual tinha um sobrinho, Edmundo, com seis anos, e com o qual morava, na Rua do Livramento.

Chegando à casa do cunhado e do irmão, a sua irmã Etelvina, que ele deixara com sete ou oito anos, não o reconheceu; e, em breve, tendo-lhe chegado o marido, foi uma festa de que só não participou o sobrinho de seis anos, sempre de nariz sujo e vestes rotas, arredio e agarrado às saias da mãe, mas sem querer tomar bênção ao tio.

A irmã logo convidou o irmão mais velho a ficar com eles. Havia um barracão no quintal, que, se bem reparado, podia servir para Leopoldo, e o quarto deste ficaria para o Juca. Enquanto não estivesse em estado, ele teria a paciência de dormir com Leopoldo. Meneses aceitou o convite, dizendo:

— Se eu tenho que gastar em outra parte...

Logo foi interrompido por todos:

— Oh! Não, não, Juca!

— Não é esse motivo! — fez o cunhado.

— Não seja essa a dúvida, mano Juca.

Meneses ficou muito agradecido e acrescentou:

— Mesmo porque quero que um de vocês consiga meios e modos de falar ao doutor Sarmento Sepúlveda, na Câmara. Tenho uma carta para ele.

O cunhado logo exclamou:

— O quê! É um bicho.

Combinado tudo isto, Meneses instalou-se na casa dos parentes, com a sua mala e os seus ferros de dentista. Levou a carta do Coronel Carvalho ao deputado, que o atendeu muito bem, perguntou-lhe pelas pessoas gradas do lugar onde estivera e deu-lhe outra para o chefe da construção da avenida. No dia seguinte, estava admitido. Ganhou dinheiro, não o guardou, mas, se assim foi, motivo não houve em desperdício de sua parte. O irmão em breve adoecia e morria; o cunhado, se foi logo em seguida. Custeou o tratamento de ambos e, quando foi dispensado da comissão da avenida, pouco após a morte dos dois, pouco ou nada tinha. A irmã ficara com uma pequena pensão mensal da Caixa dos Remadores, cerca de trinta mil-réis, e um filho. E ele, com seus ferros de dentista. É verdade que fizera uma pequena biblioteca de engenharia mecânica: *As Grandes Invenções*, de Luís Figuier; *As Maravilhas da Ciência*, de Tirrandier; manuais de toda a sorte de ofícios e recortes de jornais que tratavam de coisas científicas ou parecidas, colados em cadernos encadernados. Dessa biblioteca, nunca se separou. E, conquanto já bebesse, com o tempo, os desgostos e a miséria atraíram-no mais para o álcool, e o furor de beber o tomou inteiramente. A toda hora, naquele casebre dos subúrbios onde morava com a irmã e o palerma do sobrinho, ele esperava, adivinhava, construía uma catástrofe que lhe devia cair sobre os ombros; e essa visão de uma próxima catástrofe na sua vida amortecia-lhe o ânimo, desencorajava-o e pedia-lhe para afastar a bebida. Na rua, se só, era a mesma coisa. Só a tinha longe dos olhos, quando de súcia com outros.

Contudo, apesar das duras necessidades que enfrentava com a irmã e o filho desta, jamais ato algum de sua vida incidira na censura de sua consciência. O pouco dinheiro que os ferros lhe davam, ou os amigos, era empregado no sustento deles, pois a casa era paga com a pensão de Etelvina, a irmã.

Cassi, para vencê-lo, para ladeá-lo, tinha imaginado o plano de, aos poucos, pô-lo a seu dispor, prendê-lo de pés e mãos, como se diz, sem ele perceber.

Sabendo onde encontrá-lo à noite, nessa mesma hora do dia em que soube, procurou-o. Meneses estava triste a um canto, lendo um jornal, com um cálice vazio ao lado.

O homem das modinhas chegou-se e, sem dizer palavra, foi-se abancando:

— Boa-noite, doutor!

— Boa-noite, "Seu" Cassi — fez Meneses, erguendo a cabeça do periódico.

— Que há de novo, por aí? Trabalha-se muito?

— Alguma coisa. Agora, as coisas me correm melhor. O Joaquim dos Anjos deu-me os dentes da filha a tratar, e ele, embora pouco, sempre me paga pontualmente. É um alívio!

— O doutor é um sonhador. Tem sido explorado...

— Nem tanto. Quando fiz aquele trabalho para uma de suas irmãs fui muito bem pago. A minha dificuldade é não ser formado; ademais, não tenho roupas... Às vezes, "Seu" Cassi, para arranjar esses sapatos de duraque que uso, por não poder usar outros, suo sangue e faço das tripas coração...

— Paciência, doutor. Tome alguma coisa — fez Cassi amável.

Meneses aceitou e disse amargamente:

— Estou com setenta anos e não sei o que fiz na vida.

Cassi regozijava-se, intimamente pensando: o homem está cheio de dificuldades.

— Não desanime. O Capitão Sebastião, aquele da Prefeitura, há dias me disse que ia precisar de um dentista modesto para consertar os dentes de um filho, que, na "muda", deixou acavalar. É pouca coisa, mas, talvez, daí...

— Aceito tudo...

— Outra coisa, doutor Meneses.

— Que há?

— O senhor se dá muito com o Leonardo Flores, o poeta?

— Muito. Por quê?

— É que eu queria uns versos...

Meneses não escondeu o espanto, que Cassi percebeu, e, sem dissimular, procurou explicar-se melhor o modinheiro:

— É coisa séria. Não há compromisso nenhum para os senhores... Eu daria alguma coisa até!...

— É que o senhor não sabe como o Flores é orgulhoso. Dentro daquela sujeira toda, esfarrapado, alagado de cachaça, ele é um deus; e não lhe toque em coisas de poesia, porque senão...

— Sei bem! Mas sei também que o senhor tem grande influência sobre ele. Veja se me arranja? Olhe, doutor, não é para afrontar; tem aqui dez mil-réis para as primeiras despesas. Cinco são para o senhor e cinco para ele.

— Não é preciso — disse Meneses, já um tanto convertido.

A sua miséria lhe falava. Não havia quebra de honestidade, tanto mais que não se tratava de injúrias e insultos a ninguém.

— Não, doutor; leve, leve! Tudo deve ser pago. Não é preciso grande coisa; bastam uns versos amorosos, mas delicados e finos, e *morais*. Está ouvindo, doutor?

Cassi foi-se depois que Meneses prometeu arranjar a versalhada. Já passavam das sete horas, e, logo que o violeiro desapareceu, o dentista levantou, foi a um ângulo do balcão e disse para o caixeiro, dando-lhe a nota de dez mil-réis que havia recebido das mãos de Cassi:

— Paga aqueles seiscentos réis que estou devendo e me dá mais outra "lambada".

Tomou-a e voltou a sentar-se na mesa. Comprou num jornaleiro os jornais da noite e foi-se deixando ficar, levantando-se, de quando em quando, para sorver às escondidas um "calisto"[38]. Aí, pelas proximidades das dez horas, sobraçando um maço de jornais, encaminhou-se para casa, no firme intuito de dar cumprimento à promessa que fizera a Cassi. A casa era um tanto longe, pelos bons caminhos; mas, cortando-se caminhos desertos, subindo e descendo morros, chegava-se a ela com mais presteza.

Não hesitou e tomou os atalhos, que conhecia bem, e, quase por instinto, os seguia até à sua residência. Ficava esta numa campina nua, e só era cercada na frente, toscamente, e, do lado direito, graças ao vizinho. Tinha um cajueiro mofino, que disfarçava a casinha e dava uma escassa sombra à torneira d'água, onde a irmã lavava roupa

38 No contexto, "cálice pequeno" [N.E.]

de casa e de fora. De onde em onde, Meneses cismava em plantar algumas árvores de rápido crescimento, para sombra; mas lá vinham os cabritos da vizinhança e matavam-lhe os brotos. A muito custo, conseguiu fazer um caramanchão tosco com que ensombrasse a sala de jantar, onde dormia, e que se prestasse à cozinha nos dias normais. A casa só tinha dois aposentos iguais, que se comunicavam por uma porta. Não fora a rua, não teria frente nem fundos, tão semelhantes eram essas extremidades dela. A irmã habitava o aposento da frente, dividido por uma cortina, que corria do portal da porta interior até ao da que dava para a rua. Era de telha-vã e de chão.

Chegou em casa e comeu o feijão e arroz com pirão de fubá de milho, que a irmã lhe guardava sempre. Fez isto à luz de um "vagabundo", espécie de lanterna, a base de querosene, reduzida aos seus últimos elementos. Bebeu dois ou três cálices de parati — pois sempre o tinha em casa — e estirou-se num velho canapé, com um fundo de tábuas de caixões, acolchoado com jornais. A roupa, ele a tinha tirado com todo o cuidado e com todo o cuidado depositado na guarda de uma cadeira de pau, a única existente na casa. A mesa de pinho, uma carcomida velha mesa de cozinha, tomava o resto do aposento, e nela, roncava o palerma do sobrinho. Cobriu-se com uma manta, feita de metades de duas outras, e dormiu serenamente.

Logo pela manhã, no dia seguinte, a irmã despertou-o assustada:

— Juca! Juca!

— Que é mulher? Não se pode dormir mais nesta casa... — depois, mudando de tom, disse:

— Que há, Etelvina?

— Precisamos de açúcar, café, e já devemos ao padeiro seiscentos réis.

— Você vai ao bolso do colete e tira de lá todas as pratas e níqueis que encontrares. Deixa só quatrocentos réis. Julgo que deve haver uns três mil e tantos a quatro mil-réis. Fica com tudo. Dá-me um cálice, aí!

A irmã não parecia mais moça do que ele quinze anos. Era velha, encarquilhada, magra, quase desdentada, cabelos completamente brancos, toda ela respirando cansaço e desânimo.

Ela chamou o filho — *Edmundo!* — que logo apareceu. Mole, bambo, a muito custo aprendera a ler e a rabiscar, a esforços do tio, mas não ficava em lugar nenhum. Tal era a sua inércia e moleza, que logo era despedido. O seu ofício era caçar preás, rãs, para vender aos estrangeiros da "fábrica", apanhar passarinhos e, de onde em onde, ajudar a fazer pescarias, no porto de Inhaúma.

A mãe, com o produto de suas pobres lavagens para fora, era afinal quem o vestia, porque ele bebia tudo o que ganhava, mas raramente tocava na garrafa que o tio tinha em casa e não trazia bebida para casa, absolutamente.

Tendo Etelvina servido o irmão de parati, este verificou que a garrafa continha pouco e, à nota das compras a fazer, mandou que juntasse mais meia garrafa de aguardente. A que restava, passou-a para um vidro de farmácia.

A irmã não se conteve:

— Ah! Santo Deus! Esse parati é uma desgraça...

— Não há dúvida, mana; mas agora, não posso mais parar, senão morro... Olha o jornal! — gritou ele para Edmundo.

— Sim, titio — respondeu-lhe o sobrinho, do meio da rua.

Como também tivesse pressa em tomar café, Edmundo fez prestamente as compras. A fogo de gravetos, em breve o café estava pronto. Meneses, a irmã e o sobrinho tomaram-no em redor da mesa; ela, sentada na cadeira, e eles, no velho canapé.

Bebericando e lendo o jornal, o velho dentista deixou-se ficar deitado. Era dia santo, quase feriado, dia de ponto facultativo — que iria fazer? Lembrou-se de procurar Leonardo Flores. Era a sua obrigação. Almoçaria e iria até à casa dele. Assim fez. Encaminhou-se imediatamente para a casa de Leonardo Flores, que não ficava muito longe pela Estrada Real, em cujas margens residiam ele e sua irmã Etelvina com o filho.

Em lá chegando, foi recebido pela mulher, Dona Castorina, que o fez entrar. Estava avelhantada, gasta, já não pela idade — que não podia ser ainda de cinquenta anos —, mas pelos trabalhos por que tinha passado com o marido, mais do que com os próprios filhos. Nunca se lhe ouvia um queixume, nunca articulou uma acusação contra Flores. Sofria todos os desmandos do marido com resignação e longanimidade. Esse seu gênio, esse seu temperamento de doçura e perdão em face da exaltação, da exacerbação, até quase delírio do marido, fizera que este produzisse o que produziu. Não fora ela, aquela pequena mulata, magra, de olhos negros e tristes, rindo-se sempre com uma profunda expressão de melancolia; não fora aquela humilde mulatinha, que estava ali em frente a Meneses, talvez Flores não fizesse nada. Este sabia disso e a amava, apesar de tudo o que pudesse depor contra eles, e ela tinha, no fundo d'alma, apesar dos desregramentos do seu marido, um grande orgulho de sua glória.

Dona Castorina informou-o que Leonardo havia saído para visitar um amigo, em companhia de um filho, e talvez passasse o dia em casa dele. Meneses ainda conversou um pouco, tomou dois cálices de parati de Mangaratiba, que um filho seu, auxiliar de trem, trouxera para o pai.

Na hipótese — e muito plausível, consoante o gênio de Leonardo — de que ele houvesse parado na venda do "Seu" Nascimento, foi até lá. Não o encontrou e saiu com a consciência dolorida pelo que ouvira da boca de Marramaque, de Alípio e demais.

Teve remorso e vergonha do que estava fazendo? Para que iria ele, arranjando aqueles versos, contribuir? Dirigiu-se para o Engenho de Dentro, a ver se encontrava alguém com quem conversar e disfarçar aquele começo de acusação, que, à sua fraqueza, se esboçava na sua consciência. Encontrou um grupo de rapazes da estrada de ferro, que eram sempre generosos com ele. Estavam ruidosos e contentes. Meneses sentou-se na roda, mas não houve meio de despregar a língua.

— Que é isto, Meneses? Bebe! — fez um.

Ele bebia, mas o espinho não saía. Conversava afinal um pouco. Num dado momento, vendo que era demais na conversa com a sua tristeza e o seu arrependimento reprimido, despediu- se. Um lhe perguntou:

— Vais para casa? Tens dinheiro?

Ele respondeu:

— Vou já para casa; mas dinheiro não tenho.

Os rapazes fizeram-lhe um rateio, que perfez dois mil-réis; e, quando saía, um outro, levantando os braços, de um dos quais pendia uma antiquada bengala de cerejeira, gritou para o caixeiro:

— Antunes, dá uma garrafa de cachaça ("cachaça", estás ouvindo?), cachaça! Dá uma garrafa de cachaça para o nosso querido Meneses espantar as suas mágoas.

Quando Meneses apareceu em casa, a irmã foi-lhe logo dizendo:

— Juca, foi bom você aparecer. Estou sem dinheiro para carvão, farinha e querosene. O que você deu não chegou... Fui comprar carne-seca, e lá se foi todo o dinheiro.

O velho Meneses, semiembriagado, já sem decidir perfeitamente, tirou os cinco mil-réis que estavam escondidos na algibeira e destinados a Flores, juntou mais dez tostões e disse para a irmã:

— Tens aí seis mil-réis até segunda-feira. Mana, você até lá não tem direito de me pedir mais dinheiro. Hoje é sexta-feira, temos sábado e domingo garantidos.

Bebeu um cálice do parati que trouxera, deitou-se e tentou ler os jornais que os rapazes lhe deram; mas não pôde. O sono o tomou até à hora do jantar. Quando abriu os olhos e se lembrou de ter dado os cinco mil-réis destinados a Flores pelos versos, aborreceu-se um pouco. Mas pensou e fez de si para si: eu me arranjo. Comeu bem e, enquanto houve luz do sol, leu e releu os jornais que tinha; quando veio a noite, continuou a lê-los, sempre bebericando aguardente.

No dia seguinte, logo que amanheceu, ainda não se havia feito o dia totalmente, foi até à bica, lavou-se quase inteiramente, aproveitando a escuridão. Preparou o café, tomou uma xícara, seguida de alguns cálices de parati, e pôs-se na rua antes das sete horas. Era ainda cedo para ir à casa de Leonardo Flores. Foi à estação, comprou um jornal, leu-o e seguiu para a residência do amigo. Flores já se encontrava de pé e quase todos de casa. Recebeu-o vestido com uma calça velha e de camisa de meia. Estava escrevendo. Ao se deparar com o amigo, olhou-o muito demoradamente; em seguida, fazendo com os braços um gesto perfeitamente teatral, inclinando para trás a cabeça e estufando o peito, conforme o consagrado na ribalta para encontros sensacionais, falou com voz cava e solene:

— Tu, Meneses! És tu, Pítias[39] da minha alma! Notícias há muitos sóis que não hei recebido de ti. Entra neste solar, amigo, e repousa a fadiga da jornada naquela credência de Córdova que o Abd-El-Málek, caído do Atlas, me mandou de Marrocos e foi do último rei de Granada, Boabdil, que chorou...

— Flores, estás discursivo demais... — disse Meneses, sentado na tal credência de Córdova, que não era nada mais do que uma vulgar cadeira austríaca de palhinha.

— Bebe tu agora o licor de boa amizade. É produto genuíno das minhas terras solarengas e avoengas de Mangaratiba.

Tomaram o "licor de boa amizade" e, após, o poeta falando em tom natural, perguntou ao amigo:

— Como vais, Meneses?

— Bem, e tu?

— Às vezes bem, às vezes mal... conforme a lua. Já tomaste café?

Embora dissesse que sim, Flores teimou em servir-lhe outra xícara, que foi buscar à cozinha. A sala de visitas era a mesma de há vinte anos. Tinha resistido a todas as mudanças e todas as despesas. Um sofá austríaco, velho, esburacado; duas cadeiras de braço da mesma marca, um trio de cadeiras de todos os feitios. Pela parede, além de outros, um magnífico retrato a óleo de pintor, feito por uma celebridade quando nos seus começos. Uma velha estante de ferro

39 Segundo a mitologia grega, eram as sacerdotisas do templo de Apolo [N.E.]

com brochuras esfarrapadas e uma mesa furada com toalha de linho, bordada a lã de várias cores. Tinteiro, canetas e o mais para escrever.

Flores voltou com as xícaras cheias, pão e manteiga. Depositou tudo na mesa e sentou-se.

Meneses notava com admiração que o amigo não dava nenhum sinal de desequilíbrio, nem de embriaguez. Isso fez-lhe prazer e, pondo-se a tomar café, perguntou-lhe:

— Flores, tu ainda fazes versos?

— Bárbaro que tu és! Pois então tu podes imaginar que eu, Leonardo Flores, deixe de fazer versos? Eu vivo de versos e no verso. Minha cabeça é um poema, interminável, que minh'alma ritma soberbamente. Não sei outra língua, senão a divina das Musas... Contraria-me falar como estou falando...

Calou-se um pouco e ambos sorveram o café a grandes goles, mastigando grandes pedaços de pão com manteiga. Flores cessou de mastigar e perguntou:

— Por que tu me perguntaste se eu ainda fazia versos?

Ingenuamente, Meneses respondeu:

— Tinha encomenda deles a fazer-te.

— O quê? — fez indignado Flores, erguendo-se, num só e rápido movimento da cadeira, e deixando a xícara sobre a mesa. — Pois tu não sabes quem sou eu, quem é Leonardo Flores? Pois tu não sabes que a poesia para mim é a minha dor e é a minha alegria, é a minha própria vida? Pois tu não sabes que tenho sofrido tudo, dores, humilhações, vexames, para atingir o meu ideal? Pois tu não sabes que abandonei todas as honrarias da vida, não dei o conforto que minha mulher merecia, não eduquei convenientemente meus filhos, unicamente para não desviar dos meus propósitos artísticos? Nasci pobre, nasci mulato, tive uma instrução rudimentar, sozinho completei-a conforme pude; dia e noite lia e relia versos e autores; dia e noite procurava na rudeza aparente das coisas achar a ordem oculta que as ligava, o pensamento que as unia; o perfume à cor, o som aos anseios de mudez de minha alma; a luz à alegoria dos pássaros pela manhã;

o crepúsculo ao sussurro melancólico das cigarras! Tudo isto eu fiz com sacrifício de coisas mais proveitosas, não pensando em fortuna, em posição, em respeitabilidade. Humilharam-me, ridicularizaram-me, e eu, que sou homem de combate, tudo sofri resignadamente. Meu nome afinal soou, correu todo este Brasil ingrato e mesquinho; e eu fiquei cada vez mais pobre, a viver de uma aposentadoria miserável, com a cabeça cheia de imagens de ouro e a alma iluminada pela luz imaterial dos espaços celestes. O fulgor do meu ideal me cegou; a vida, quando não me fosse traduzida em poesia, aborrecia-me. Pairei sempre no ideal; e se este me rebaixou aos olhos dos homens, por não compreender certos atos desarticulados da minha existência, entretanto, elevou-me aos meus próprios, perante a minha consciência, porque cumpri o meu dever, executei a minha missão: *fui poeta*! Para isto, fiz todo o sacrifício. A Arte só ama a quem a ama inteiramente, só e unicamente; e eu precisava amá-la, porque ela representava, não só a minha Redenção, mas toda a dos meus irmãos, na mesma dor. Louco?! Haverá cabeça cujo maquinismo impunemente possa resistir a tão inesperados embates, a tão fortes conflitos, a colisões com o meio, tão bruscas e imprevistas? Haverá?

Flores havia falado até agora de pé, no meio da sala, sublinhando tudo com grandes e largos gestos e modulando a voz conforme a paixão lhe tocava. Fatigou-se, calou-se um pouco, cruzou os braços adiante do corpo, enterrou o queixo pontiagudo e barbado no peito e, assim, sempre calado, ficou instantes a sacudir levemente a cabeça, um tanto virada para a esquerda, olhando o amigo desoladamente. Era ele pardo-claro e cabelos negros e lisos, com abundantes fios brancos; tinha malares salientes e a boca bem-feita. Altura média. Diante da explosão do amigo, Meneses não encontrou nada que dizer. Calou-se prudentemente e evitou o olhar de Flores, onde este lhe censurava e, ao mesmo tempo, se apiedava pela incompreensão que não podia existir num velho amigo, tal como Meneses, pela verdadeira natureza e poder do seu estro[40] e pelo seu ardor artístico.

---

40 Mesmo que inspiração, engenho poético [N.E.]

Leonardo, com menos paixão e entusiasmo, continuou:

— Sim, meu velho Meneses, fui poeta, *só* poeta! Por isso, nada tenho e nada me deram. Se tivesse feito alambicados jeitosos, colchas de retalhos de sedas da China ou do Japão, talvez fosse embaixador ou ministro; mas fiz o que a dor me imaginou e a mágoa me ditou. A saudade escreveu e eu translado, disse Camões; e eu transladei, nos meus versos, a dor, a mágoa, o sonho que as muitas gerações que resumo escreveram com sangue e lágrimas, no sangue que me corre nas veias. Quem sente isto, meu caro Meneses, pode vender versos? Dize, Meneses!

— Não. Deve sempre assiná-los.

— Pois eu não vendo, passe por que passar. Sofram, sonhem e bebam cachaça, se o quiserem fazer. Isto não será bastante! — disse ele com melancolia. — É preciso ter nascido como eu, ter perdido todos os seus irmãos na pobreza e ter um, há vinte anos, atacado da mais estúpida forma de loucura, para os poder fazer. Isto, porém, ninguém pode obter por sua própria vontade. Bendito seja Deus!

Sentou-se com os olhos úmidos, tomou uma "talagada" do "Mangaratiba" e dispôs-se a escrever, recomendando ao amigo:

— Deita-te no sofá e lê os jornais, enquanto escrevo alguma coisa, até o "ajantarado".

Meneses assim fez. Veio a dormir e, quando despertou, ficou admirado da amplitude da sala e ter as pernas livres. Sonhara que estava preso e acorrentado...

8

Um dos traços mais simpáticos do caráter de Joaquim dos Anjos era a confiança que depositava nos outros, e a boa-fé. Ele não tinha, como diz o povo, malícia no coração. Não era inteligente, mas também não era estúpido; não era sagaz, mas também não era tolo, entretanto, não podia desconfiar de ninguém, porque isso lhe fazia mal à consciência. Não se diga que, às vezes, não recebesse certos conhecimentos com reservas e cautelas; tal coisa, porém, era rara, e gracioso era estar já prevenido de antemão com o sujeito. Em geral, fosse quem fosse, ele acolhia com simpatia, de braços abertos. Na sua simplicidade, a maldade, a má-fé, a perversidade, a duplicidade dos homens lhe pareciam coisas tão raras, tão difíceis de medrar numa criatura de Deus, que só topariam com elas os que lhes andassem à procura, para estudos e coleções.

A sua vida se havia desenvolvido até ali na maior boa-fé e, como houvesse sido feliz, no seu ponto de vista, os seus cinquenta anos julgavam o mundo como um reino de paz, de concórdia, de honestidade e lealdade, apesar das notícias de jornais.

Jamais lera jornais habitualmente. Se tomava um e tentava ler qualquer coisa, logo lhe vinha o sono. Tudo que não viesse ferir-lhe o ouvido, não suportava e não lhe ia à inteligência. Não compreendia um desenho, uma caricatura, por mais grosseira e elementar que fosse. Para que pudesse receber qualquer sensação duradoura e agradável, era-lhe preciso o "som", o "ouvido".

Música, desde que fosse aquela a que estava habituado, encantava-lhe; canto, mesmo acima da trivial modinha, arrebatava-o; versos, quando recitados, apreciava muito; um grande discurso, cujos primeiros períodos ele não seria capaz de lê-los até ao fim, entusiasmava-o, fosse qual fosse o assunto, desde que o dissesse grande orador. Era pobre de visão e o funcionamento do seu aparelho visual era limitado às necessidades rudimentares da vida.

Ainda que razoavelmente empregado, nunca deixara a música. Não tocava em bandas nem em orquestras, mas tirava partes, instrumentava, compunha de quando em quando, ganhando algum dinheiro com isso. Todas as tardes, após o serviço, reunia-se com outros músicos militantes, bebericavam, conversavam, falavam sobre a "Arte", as orquestras de cinemas, a música de tal peça ou daquela outra, relembravam colegas mortos; e, às seis horas, por aí assim, encaminhava-se para a casa, sempre com um rolo de papel de música.

Trabalhava nas encomendas, após o jantar. Punha-se de calças e camisa de meia nos dias quentes, ou com um paletó velho, nos frios, e enfronhava-se nos compassos, nos sustenidos, nos acordes, até alta noite. Tinha ensinado à filha os rudimentos da arte musical e a caligrafia respectiva. Não lhe ensinara um instrumento, porque só queria piano. Flauta não era próprio para uma moça, violino era agourento e o violão era desmoralizado e desmoralizava. Os outros que o tocassem, sem música ou com ela — sua filha, não! Só piano, mas não tinha posses para comprar um. Podia alugar, mas tinha que pagar professora para a filha. Eram duas despesas com que não poderia arcar. O rendimento da música não era coisa certa; e os seus vencimentos tinham emprego obrigado no vestuário seu, da mulher e da filha, no armazém, etc., etc.

Por isso, não levou avante os estudos musicais da filha, os quais, por falta de convivência e tempo, não passaram da pouca coisa que ele podia ensinar. Clara também não tinha nenhum ardor musical, nem de repetir, de reproduzir, nem de criar; aprazia-lhe ouvir, e era o bastante para a sua natureza elementar. Nem a relativa independência que o ensino da música e do piano lhe poderia fornecer animava-a a aperfeiçoar os seus estudos. O seu ideal na vida não era adquirir uma personalidade, não era ser ela, mesmo ao lado do pai ou do futuro marido. Era estar em função do pai, enquanto solteira, e do marido, quando casada. Não imaginava as catástrofes imprevistas da vida, que nos empurram, às vezes, para onde nunca sonhamos em parar. Não via que, adquirida uma pequena profissão honesta e digna do seu sexo, auxiliaria seus pais e seu marido, quando casada fosse. Ela tinha bem perto o exemplo de Dona Margarida Pestana, que, enviuvando, sem grandes posses, adquirira casa, fizera-se respeitada e ia criando e educando o filho, de progresso em progresso, fazendo tudo prever que chegaria à formatura ou a coisa parecida.

A muito custo, devido às insistências de Dona Margarida, consentira em ajudá-la nos bordados trabalhados para fora, com o que ia ganhando algum dinheiro. Não que ela fosse vadia, ao contrário, mas tinha um tolo escrúpulo de ganhar dinheiro por suas próprias mãos. Parecia feio a uma moça ou a uma mulher.

Clara era uma natureza amorfa, pastosa, que precisava de mãos fortes que a modelassem e fixassem. Seus pais não seriam capazes disso. A mãe não tinha caráter, no bom sentido, para o fazer; limitava-se a vigiá-la caninamente. E o pai, devido aos seus afazeres, passava a maioria do tempo longe dela. E ela vivia toda entregue a um sonho lânguido de modinhas e cantigas, entoadas por sestrosos cantores, como o tal Cassi e outros exploradores da morbidez do violão. Seu mundo era povoado de suas dúvidas, de queixumes de viola, a suspirar amor. Na sua cabeça, não entrava que a nossa vida tem muito de sério, de responsabilidade, qualquer que seja a nossa condição e o nosso sexo. Cada um de nós, por mais humilde que seja, tem que meditar durante a vida sobre o angustioso mistério da Morte, para poder responder cabalmente, se o tivermos que o fazer, sobre o emprego que demos à nossa existência. Não havia em Clara a representação já não exata, mas aproximada, de sua individualidade social; e, concomitantemente, nenhum desejo de elevar-se, de reagir contra essa representação. A filha do carteiro, sem ser leviana, era, entretanto, de um poder reduzido de pensar, que não lhe permitia meditar um instante sobre o destino, observar os fatos e tirar ilações e conclusões. A idade, o sexo e a falsa educação que recebera tinham muita culpa nisso tudo; mas a sua falta de individualidade não corrigia a sua obliquada visão da vida. Para ela, a oposição que em casa se fazia a Cassi era sem base. Ele tinha feito isto e aquilo, mas — interrogava ela — quem diria que ele fizesse o mesmo em casa de seu pai?

Seu pai — pensava ela — estava bem empregado, relacionado, respeitado; ele, portanto, não seria tão tolo, que fosse desrespeitar uma família honesta, que tinha por chefe tal homem. De resto, esses rapazes não são culpados do que fazem; as moças são muito oferecidas...

Com raciocínios desse gênero e semelhantes, Clara, na ingenuidade de sua idade e com as pretensões que a sua falta de contato com o mundo e capacidade mental de observar e comparar justificavam, concluía que Cassi era um rapaz digno e podia bem amá-la sinceramente.

O padrinho, Marramaque, parecia-lhe seu inimigo. Sempre que podia, contava mais uma proeza, mais uma falcatrua de Cassi. Não lhe cansava o assunto.

Clara até tinha, às vezes, vontade de dizer a seu padrinho: "Padrinho, esse Cassi deve ser muito rico, porque compra a polícia, a justiça, para não ser preso. Olhe: se ele fosse condenado pela metade dos crimes que o senhor lhe atribui, estaria já na cadeia, por mais de trinta anos."

Ela se enganava, porque não conhecia a vida. Para se escapar aos crimes de Cassi, basta um pouco de proteção e que o acusado seja bastante cínico e ousado.

Vivia assim ansiosa e ofegante, querendo e não querendo ver o modinheiro; ora, convencendo-se de tudo que diziam dele; ora, não acreditando e apresentando ao seu próprio espírito dúvidas e objeções. E assim estava, à época que Meneses veio tratar dos seus dentes, após umas fortes dores que a prostraram de cama.

Um certo dia, o pai lhe havia dado, ao sair pela manhã, um trabalho de música para copiar, de forma que, à tarde, estivesse pronto. Não era longo, mas exigia atenção. Depois do almoço, aí pelas onze horas, pôs-se a copiar, mas, subitamente, deu-lhe uma dor de dentes que a fez gemer e até chorar.

Engrácia, sua mãe, correu a acudi-la. Como sempre, porém, ficou estonteada, sem saber o que fazer, que paliativo dar. Clara, mal falando, disse-lhe que mandasse chamar Dona Margarida.

Em vindo esta, aplicou remédios caseiros e mandou buscar malva, pela criada que tinha em sua casa. Fez Clara bochechar e foi-se para a casa tratar dos seus bordados e costuras.

Engrácia, porém, não se acomodava, e andava de um lado para outro, impaciente que o marido chegasse. Todas as moléstias existentes, que a natureza cria e os médicos por desfastio inventam, ela supunha poder ter sua filha.

Não havia nenhuma lucidez nos seus raciocínios, quando um acontecimento de aparência grave lhe tocava, e pior ficava quando se tratava da filha.

O seu amor por Clara era um sentimento doentio, absorvente e mudo. Queria a filha sempre junto a si, mas quase não conversava com ela, não a elucidava sobre as coisas da vida, sobre os seus deveres de mulher e de moça. A não ser no caso de Cassi, que o seu instinto de mãe falara mais alto do que a sua inércia natural, nunca punha em prática uma medida eficaz que traduzisse amparo e direção de mãe na conduta da filha. Pensava, mas não chegava ao ato.

O dia inteiro, quase, passavam as duas mulheres metidas cada uma consigo mesma.

A mãe lavava a roupa no tanque, ao lado da casa, e a filha se encarregava dos arranjos domésticos. A cozinha era feita por ambas ou só por Clara, quando não tinha músicas do pai a copiar ou sua mãe tinha muita roupa na lavagem.

Joaquim, o *Quincas*, como o chamava a mulher, saía nas primeiras horas da manhã, passava pela venda, fazia as encomendas, tomava um "calisto" e conversava um pouco com o "Seu" Nascimento.

— Não acredito que *ele* venha, nem também que o outro se repimpe no Catete.

— Seria bom para o senhor... — dizia Nascimento.

— O quê? Nem o conheço... Qual! Nada tenho com um nem com outro...

— Mas é seu patrício...

— Como o senhor é, como o outro é também. Somos todos brasileiros... Eu, "Seu" Nascimento, só cuido da mulher e da filha, e um pouco da música.

— Por falar em música: que tal aquele Cassi?

— Quer que lhe diga uma coisa? Como músico, não vale nada. Dá cada cincada...

— Mas tem fama...

— A fama dele vem do dengoso, do meloso que ele põe no cantar, chegando a ser até uma indecência. Ele canta que parece estar num café-concerto, no meio de mulheres de vida airada...

— Por aí, apreciam-no muito.

— São essas meninas bobas, que não têm quem lhes abra os olhos... Olhe, "Seu" Nascimento, na minha casa ele não me põe mais os pés.

— Marramaque, seu compadre, já me tinha dito isto e...

— O compadre exagera muito. O compadre tem o seu ponto de honra de poeta... O senhor sabe; ele já figurou, escreveu em jornais e revistas, teve roda e convivência de certa ordem, não pode admitir que um quase analfabeto, como Cassi, tenha fama de artista... A culpa não é deste; é do nosso meio, que não tem instrução nem preparo.

— "Seu" Joaquim, o senhor já viu o caderno que mandaram a seu compadre sobre o tal Cassi?

— Já.

— Que pensa daquilo tudo?

— Se é verdade, ele merece a forca.

— Pois dizem que é. O senhor não sabe quem é a tia Vicência, que mora por aqui, na Rua da Redenção?

— Não.

— Conheço-a eu. Ela é pessoa da casa de Cassi e diz que tudo aquilo é verdade. Conta até mais detalhes.

— E quem é que espalha o tal caderno?

— É um oficial do Exército, homem preparado, parece que engenheiro, cuja mulher atual é aquela moça que Cassi desonrou, e a mãe matou-se por isso, há cinco anos.

— Quem lhe disse isso?

— Vicência. Ela conhece não só a família do violeiro, como muitas das vítimas. Diz que o marido dessa moça só não dá cabo do canastro, para não fazer escândalo; mas, na primeira em que se meter, toma a peito a causa da vítima, seja quem for.

Joaquim dos Anjos ouviu isso, calou-se um pouco e, sem nada responder, recomendou:

— Não se esqueça de mandar principalmente a lenha, que é precisa para o almoço. Estou na hora... Até logo!

Saiu, pensando nesse tal Cassi, que, por mais que quisesse esquecê-lo, sempre estava presente à sua memória, sempre estavam a relembrá-lo, como se fosse uma grande coisa, um homem notável e de posição. Que é que queriam dizer com isso? Preveni-lo? O carteiro sorriu intimamente: "Ele não ousará!". E pensou na sua garrucha de dois canos, com as quais se viaja em Minas, presente ainda do inglês, seu primeiro patrão.

Homem forte, leal, direito, Joaquim tanto tinha nos outros como em si uma confiança ilimitada. Não desconfiava, nem admitia que se desconfiasse; mas esse tal Cassi...

Estendia essa confiança à sua mulher, no que tinha razão; mas não à filha, como fazia, porque, no tocante a esta, precisava contar com a crise da idade, a estreiteza de sua educação doméstica e a atmosfera de corrupção com que o meio a envolvia, admitindo tacitamente que ela estava fadada ao destino das "outras". Joaquim dos Anjos não tinha capacidade intelectual para tanto...

Cessou de pensar em Cassi e pôs-se a cogitar no trabalho, nas gratificações e nos aumentos. Chegou à repartição, assinou o ponto, cumprimentou os colegas e chefes, e, à hora certa, tomou a correspondência a distribuir e lá correu para escritórios, casas de comércio, entregando cartas e pacotes.

Vinha tudo isto com nomes complicados: franceses, ingleses, alemães, italianos, etc.; mas, como eram sempre os mesmos, acabara decorando-os e pronunciando-os mais ou menos corretamente. Gostava de lidar com aqueles homens louros, rubicundos[41], robustos, de olhos cor do mar, entre os quais ele não distinguia os chefes e os subalternos. Quando havia brasileiros no meio deles, logo adivinhava que não eram chefes. Almoçava em sua simplicidade, e até às cinco executava o serviço, isto é, as várias distribuições de correspondência.

Terminado o trabalho, procurava os seus colegas de arte e, aí pelas cinco, cinco e meia, metia-se no trem para a casa.

Naquele dia, conforme o seu costume, preencheu-o todo assim, sem nenhuma discrepância ou variante, como se obedecesse a um programa. Quando chegou em casa já se fazia escuro, e os lampiões da iluminação pública estavam acesos e prontos a suceder, consoante o seu poder, à soberba luz do sol que ia morrendo, num crepúsculo cambiante e lento, por detrás das montanhas, que se destacavam num fundo de prata, de ouro e de púrpura, na parte do horizonte em que ele se escondia.

41 Mesmo que "de face vermelha" [N.E.]

Veio-lhe abrir a porta a mulher, que antes de mais nada lhe foi dizendo:

— Ah! Quincas! Você não sabe como me vi atrapalhada, hoje, aqui... Se não fosse Dona Margarida...

— Mas o que houve, Engrácia?

— Clara ficou doente de repente, pôs-se a gemer, e eu, sem ninguém, não sabia o que fazer. Felizmente, gritei por Dona Margarida, que acudiu.

— Que é que ela teve, mulher?

— Dentes, Quincas; mas uma dor muito forte.

— Ora, você mesmo! Você é uma pamonha. Então dor de dentes é moléstia que assuste ninguém?

— É que você não viu.

— Vamos ver o que há?

Dirigiu-se para o quarto da filha, que tinha o queixo amarrado num lenço dobrado, e perguntou:

— Que houve, Clarinha?

— Nada. Tenho aqui um dente furado que me dói de quando em quando. Hoje doeu-me mais fortemente, gemi e tive que me deitar. Felizmente o remédio que Dona Margarida me deu fez passar a dor, mas tenho o queixo inchado...

— Não é nada?

— Penso que sim — disse Clara, e acrescentou: — Olhe, papai, não pude passar a limpo a música.

— Não faz mal, eu mesmo passo.

Depois ajuntou, voltando-se para a mulher:

— É preciso levar essa menina ao dentista, Engrácia, enquanto está no começo.

— Dentistas! Deus me livre!

— Por que, mulher de Deus?

— Porque é casa de perdição, Quincas.

— Que perdição, que nada. Perde-se quem quer ou quem já está perdido.

— Você que a leve, Quincas. Não posso sair todo o dia... Você sabe que não posso andar muito...

— Eu não posso, pois tenho de ir para o serviço.

Pôs-se a pensar, olhando a filha deitada, com os doces olhos negros a interrogar o pai, quando lhe surgiu um pensamento:

— Vou chamar o Meneses. Ele não é formado, mas tem prática e pode certamente fazer o que se deve. Que acha, Engrácia?

— Acho bom, se ele vier em casa.

— Ele virá, pela manhã. Almoçará com vocês e darei a ele alguma coisa.

— Você quer, Clara? — perguntou o pai.

— Aceito e acho bom. Não é preciso sair e mamãe não se incomoda.

Foi assim que Meneses entrou a tratar dos dentes de Clara, fato de que tão oportunamente Cassi tivera notícias pelo doutor Praxedes, no Méier. Para o velho doutor Meneses foi uma salvação, pois, embora trabalhasse, não era pago ou o era mal e irregularmente. Com o carteiro, as coisas se passavam de outra forma; e, além disso, almoçaria todo o dia — vantagem que não era de desprezar.

Sabendo que Meneses estava todos os dias com Clara, Cassi, que havia resolvido pôr cerco à rapariga, tratou de aproveitar o estado de miséria, de abatimento moral em que estava o velho dentista, para realizar os seus inconfessáveis fins. Encomendou-lhe aqueles versos que deviam ser feitos por Flores e deu-lhe dinheiro, já prevendo que Meneses iria gastá-lo e não obteria os versos. Tudo isto aconteceu; mas Meneses, quando, no dia seguinte, se lembrou da recusa de Flores e de ter gastado o dinheiro, não achou outro alvitre senão ele mesmo fazer os versos. Ficou o dia inteiro a martelar, a riscar, a emendar e, ao fim do domingo, tinha feito algumas quadras com mais ou menos sentido. Nunca, a bem dizer, fizera versos, mas, tendo corrido montes e vales, lidara com poetas e tinha o ouvido educado. De resto, escolhera o metro popular, a quadra de sete sílabas, e tanto fez que, pela tardinha, a poesia estava pronta, e o pobre velho ficou muito contente consigo mesmo, como se tivesse feito a mais prima das obras. Bebeu bastante e dormiu satisfeito. Havia cumprido a sua palavra de qualquer forma. Se os versos não eram de Leonardo Flores, eram dele. Não seriam tão bons; mas, pelo menos, desculpariam o gasto dos cinco mil-réis que lhe remordia a consciência.

Na segunda-feira à noite, depois de ter andado por toda a parte, com a sua velha mala de ferros de cirurgião-dentista, Meneses foi-se postar no botequim do Fagundes. Sentou-se como de hábito na última mesa, aos fundos, encostada à parede, com um jornal debaixo dos olhos e um cálice de parati na frente. Ele bebia aos goles, à vista de todos, sem vexame algum. Fazia-lhe mal, como mal faz a todo mundo; mas era solicitado a beber para se atordoar, para não se recordar, para não estar só com o seu passado, para afugentar o terror que a vida lhe inspirava, na miséria, quase indigência em que se achava, naquela idade avançada de mais de setenta anos, desgastado, doente, sem uma amizade forte, sem um parente que o amparasse, sem uma pensão qualquer.

Cassi foi encontrá-lo engolfado na leitura do jornal:

— Pensei — disse ao sentar-se — que o doutor se havia esquecido.

Meneses, descansando o modesto óculos de leitura em cima da mesa, onde já havia posto o jornal, respondeu:

— Qual o quê! Sou homem de palavra... Ademais, o senhor me havia dado o dinheiro e, assim, o trato ficava mais sagrado.

Cassi tinha uma grande dificuldade em ser amável, tomar a entonação de voz conveniente, adaptar o olhar a ela, ajeitar intencionalmente os músculos da face...

Não era capaz disso quando sincero, que fará quando falso! Todo ele era rude, metálico, grosseiro e áspero. Enfim, fez o que pôde e disse:

— Por isso, não, doutor! Eu não me lembrava de tal fato! Aquilo foi para uns beberiques... Arranjou?

— Arranjei, mas não com o Leonardo.

— Ele não quis ou...

— Não, estava bom. Como já lhe disse em certa ocasião, Flores é por demais orgulhoso quando se trata de versos dele, e, ao falar-lhe no "negócio", deitou-me um discurso enorme, dizendo que era isto e aquilo, tinha feito tais e quais coisas e, por fim, que não vendia versos.

— Nem dados?

— Não lhe propus, mas estou certo que não daria. Pelo que disse, os versos que lhe saíam da cachola eram dele e só dele.

— E com quem arranjou?

— Fi-los, eu mesmo. Não serão...

— Vamos ver, doutor.

Meneses puxou de dentro da algibeira do interior do fraque cinzento um volumoso embrulho de papéis sebosos, procurou o que continha os versos, pôs os óculos e disse:

— Vou lê-los, para o senhor compreender melhor. A minha letra é muito ruim.

— Leia, doutor.

Meneses concertou os óculos, experimentou uma melhor posição para receber a luz e começou:

A minha Querida pena
Nas grades de uma prisão,
Mas o Amor lhe ordena
Sossego no coração.

O velho dentista ambulante, afinal, acabou e olhou interrogativamente o menestrel. Tinha este tomado um ar grotesco de entendido e olhava vago, simulando que ajustava pensamentos.

Após ter Meneses perguntado o que achava dos versos, o manhoso violeiro disse:

— Não era bem isto que eu queria. Os versos, porém, não estão maus, antes são bons. Serve até para modinha... O doutor não sabe quem faça música para modinhas?

— Conheço o Joaquim dos Anjos.

— Ah! É verdade! Como há de ser? — perguntou Cassi, simulando embaraço.

— O senhor não se dá com ele?

— Dou-me; mas não tenho muita intimidade. Se fosse por intermédio da filha? Por que o doutor não pede?

— Posso pedir a ela; mas o padrinho, não sei por quê, não gosta do senhor. Se ele sabe...

Meneses arrependeu-se de ter avançado tanto, mas a sua vontade já era tão fraca que não soube nem procurou meios e modos de fugir às consequências de sua confidência. Cassi aproveitou-se das aberturas do velho e disse:

— Sei, mas escrevo uma carta à Dona Clara a fim de que ela evite a má vontade do padrinho e que se saiba ser a modinha...

Meneses não pôde reprimir um movimento de espanto.

— Não tenha susto, doutor; absolutamente não malicie no que vou fazer. A carta será lida pelo senhor.

Meneses ficou mais seguro de si e continuou a beber com vontade, enquanto Cassi contava-lhe os seus ganhos extraordinários no cangueiro, jogo suburbano.

— Olhe, doutor — rematou ele. — Quando precisar de algum, é só pedir.

O dentista já estava muito adiantado na embriaguez; e ao ouvir aquilo, olhou desejoso e mendicante para o violeiro, que se apressou em ir ao seu encontro:

— Quanto precisa, doutor?

— Dois mil-réis, só.

— Não — disse Cassi, tirando um maço de notas da carteira. — Leve cinco. E não se esqueça de estar aqui, amanhã, às sete horas. Preciso da música para breve.

Meneses foi para a casa, sem pensar no que havia prometido, e, como guiado por instinto, subiu e desceu morros, tomou atalhos e acabou se deitando muito naturalmente no seu miserável canapé. Não quis comer; a embriaguez lhe havia tomado inteiramente. Despertou no dia seguinte sem saber o que tinha feito nas últimas horas em que estivera fora. Lembrava-se vagamente que parara no botequim habitual. Saiu da casa a fim de lavar o rosto e satisfazer as exigências do organismo; quando voltou, já encontrou sua irmã de pé a lhe dizer, como quase todas as manhãs:

— Não temos nada em casa, Juca.

Meneses não sabia se tinha ou deixava de ter dinheiro. Por desencargo de consciência, foi esgravatar as algibeiras. Encontrou um níquel de cruzado e pensou: "Bem! Para o café e o açúcar, já temos". Continuou a procurar, achou, dobradinha, no fundo de um bolso, uma nota de cinco mil-réis. Espantou-se. Quem lhe teria dado? Cogitou, forçou a memória, enquanto a irmã resmungava:

— Juca, você não ouviu o que eu disse?

— Ouvi... espera, que estou procurando o "cobre".

Tanto forçou a memória, tanto combinou as vagas recordações, que toda a sua entrevista com Cassi foi recordada. Teve vontade de rasgar a nota, de dizer que não faria o prometido; mas já estava sem força moral, temia tudo, temia o menor sopro, o mais inocente farfalhar de uma árvore. Toda a criação estava contra ele, conjugava-se para perdê-lo — que podia fazer contra tudo e contra todos? E a miséria? E a fome? Se se revoltasse, que seria dele, sem futuro, sem emprego, sem amigos, sem parentes, doente? Era bem triste o seu destino... Onde estava a sua mecânica? Onde estava a sua engenharia? Amontoara livros e notas pueris, e nada fizera. Levara bem cinquenta anos, isto é, desde que saíra da casa dos pais, a viver uma vida vagabunda de ciganos, sem nunca se entregar seriamente a uma única profissão, experimentando hoje esta, amanhã aquela. De que lhe valera isto? De nada. Estava ali, no fim da vida, obrigado a prestar-se a papéis que, aos dezesseis anos, talvez não se sujeitasse, para disfarçadamente esmolar o que comer com os seus parentes.

Teve vontade de chorar, mas a irmã gritou-lhe do quintal:

— Achaste o dinheiro?

— Achei.

Respondeu assim, numa palavra, e deitou bem meio copo da aguardente, que sorveu toda quase de um só trago.

Meneses pensou ainda nos seus setenta anos desamparados, estéreis, e teve infinita dor de si mesmo, da miséria do seu fim. Que resolver sobre o caso de Cassi e da carta? Sacudiu os ombros e pensou de si para si: Que hei de fazer? As coisas me levaram a isso e…

Cassi veio ao botequim, munido da carta, que leu, conforme prometera a Meneses.

Desgostoso, com aquele mau travo na consciência, o pobre dentista ambulante procurava, durante o dia, beber a mais não poder. Tinha chegado cedo em casa de Joaquim e, tendo-o ainda encontrado, pedira-lhe dinheiro. Almoçou, saiu e foi bebendo daí em diante em todo o botequim que passava. Ao chegar à casa do Fagundes, tinha lá uma carta de um cliente. Abriu-a; mandava-lhe dez mil-réis, por conta de cinquenta que lhe devia. Deu cinco mil-réis ao caixeiro, para guardar, e foi para a cidade. Aí não teve medida. Todos lhe pagavam, de forma que, ao se encontrar com o Cassi, não dava mostras, mas estava completamente sem discernimento.

O violeiro leu o que quis, fechou a carta e deu-a ao pobre velho. A sua resolução já estava tomada. Havia forçosamente de se entregar à sorte, aos caprichos da corrente da miséria, de dor, de humilhação que o arrastava. Ela o havia levado até ali; era inútil resistir. Entregou a carta a Clara. No dia seguinte, recebeu a resposta. Entregou-a a Cassi. Assim, durante um mês e tanto, ele foi o intermediário da correspondência dos dois. Já não tinha um movimento de revolta; resignara-se àquele ignóbil papel como a uma fatalidade que o destino lhe impusesse. Contra a força não há resistência, pensou ele; o mais sábio era submeter-se. Não esperava mais que Cassi lhe oferecesse dinheiro, pedia-o. No começo, o violeiro foi satisfazendo inteiramente os pedidos; depois, fazia-o pela metade; por fim, dizia que não tinha dinheiro e não lhe dava nada.

Meneses, porém, continuava passivamente a desempenhar o seu indigno papel. Se não o achava decente, conformava-se diante da sua atroz e irremediável miséria. Não se julgava mais um homem...

Clara recebia aquelas cartas com uma emoção de quem recebe mensagens divinas.

Entretanto, eram pessimamente escritas, a ponto de não serem, às vezes, entendidas, tão *caprichosa* era a ortografia delas. A filha do carteiro não via nada disso; esquecera-se até das más ausências que faziam do namorado. Para ela, ele era o modelo do cavalheirismo e da lealdade. Estava sempre a sonhar com ele, com aquele Cassi da viola. Passava da alegria para o choro. A mãe notava-lhe essas alternâncias de humor e fazia-lhe perguntas. Ela as respondia, malcriada e desabridamente. Relaxava o serviço ou não o fazia. Quase sempre, esquecia-se disso ou daquilo.

Engrácia comunicou isto tudo ao marido. Joaquim disse então:

— É verdade, Engrácia. Essa menina tem alguma coisa... Antigamente, as suas cópias de música eram limpas e certas; agora, não. Vêm cheias de raspagens, erradas, borradas... Que terá ela? Vou levá-la a um médico, que achas?

— Talvez faça bem.

Daí a dias, Joaquim faltou à repartição e levou a filha ao doutor. Este a examinou e disse ao pai:

— Sua filha nada tem. São coisas da idade e do sexo... De distrações, passeios, convivência, é o que ela precisa... Em todo o caso, vou receitar...

Joaquim fez a necessária comunicação à mulher, que ficou de se entender com Dona Margarida, para fazer-se acompanhar da filha, sempre que tivesse de sair, ir a lojas, etc. Ele mesmo, Joaquim, levou-a no próximo domingo, a passear em Niterói.

O mar não fez bem à menina. Se a sua alma estava cheia de vago e de impalpável, com a vista do mar, ficou absorta no infinito, no ilimitado do Universo.

De volta, chorou toda a noite sem saber por quê. Amanheceu de olheiras roxas, corpo mole, aborrecida de tudo e de todos. A vida lhe sabia a amargo. Ela não via como se a podia adoçar. Ao mesmo tempo, lembrava-se de Cassi e enchia-se de esperanças. Saiu com Dona Margarida. A alemã, muito mais sagaz que seus pais, adivinhou o seu mal e pô-la em confissão com habilidade. Tanto fez, que Clara lhe disse francamente a origem dos seus males.

— Mas este sujeito é um tipo indigno.

— Não para mim. Estou crente que...

— Dizem tão mal dele...

— É porque ele se deixou apanhar, enquanto outros há por aí que... Ele confessa que está arrependido do que fez, e agora quer se empregar e casar-se comigo.

Dona Margarida olhou firmemente para a moça, cravou bem os seus olhos aquilinos nos da rapariga, e fez de si para si:

— Será possível?

Apressou-se a contar a confissão de Clara à mãe. Engrácia odiava Cassi. Se, algum dia, tinha tido um sentimento forte, era esse de ódio ao violeiro. Não sabia bem como justificá-lo, mas tinha-lhe uma raiva, uma gana de morte. Quando Dona Margarida lhe narrou a confidência da filha, ela teve uma crise surda de rancor. Já não era só contra ele, mas contra a filha, que ela criara com tantos carinhos, tantos cuidados, para, afinal, vir a se "embeiçar" por aquele borra-botas, amaldiçoado por todos, até pelo próprio pai. Serenou e tomou a resolução de contar o fato, por sua vez, a Joaquim, antes que aquele perverso de modinheiro não lhes aprontasse alguma das dele.

Joaquim recebeu a notícia sem demonstrar espanto. Não gostava também de Cassi. Era, para ele, homem aparentemente educado e trabalhador, um capadócio, um desclassificado, réu de polícia, muitas vezes, de quem tanto mal se dizia; mas, se ele quisesse casar com a filha, apesar de todos os seus maus precedentes, não se oporia. Iria falar-lhe? Ou chamá-lo-ia em casa? Não seria melhor esperar?

Pensou e tomou o alvitre de pedir a opinião do compadre Marramaque. O antigo contínuo tinha um grande ascendente moral e intelectual sobre o ânimo do carteiro, que o obedecia cegamente. Tratou, portanto, de pedir-lhe conselho.

Naquele domingo, a partida de solo tinha se adiantado pela noite afora. Deviam ser onze horas quando resolveram a "dar com o basta". Jogavam na sala de jantar, onde se encontravam, Joaquim, Marramaque, Lafões e Dona Engrácia também. Clara já se recolhera ao quarto. Parecendo-lhe que a filha dormia, Joaquim resolveu decidir a coisa. Expôs primeiramente o estado nervoso da filha, os passos que tinha dado para tratá-la e chegou ao ponto agudo da questão. Por aí, Marramaque ergueu-se furioso:

— Pois, então, você, compadre, quer meter semelhante pústula dentro de sua casa? Você não sabe quem é este Cassi? Se o pai não quer saber dele, é porque boa coisa ele não é. Ele não só desonra a família dos outros, como envergonha a própria. As irmãs, que são moças distintas, já podiam estar bem casadas; mas ninguém quer ser cunhado de Cassi. Ele se diz sempre correspondido, que se quer casar, etc., para dar o bote. Quando fica satisfeito, escorrega pelas malhas da justiça e da polícia, e ri-se das pobrezinhas que atirou à desgraça. Você não vê que, se ele se quisesse casar, não escolheria Clara, uma mulatinha pobre, filha de um simples carteiro? Sou teu amigo, Joaquim...

— É o que eu penso também — acrescentou Dona Engrácia. — Ele pode achar muitas em melhores condições...

Clara, que ouvia tudo, chorando em silêncio, quis protestar e citar exemplos em contrário, que conhecia, mas se conteve.

Joaquim, que escutara calado a fala apaixonada do compadre, observou:

— Acho que você tem razão; mas, qual o remédio?

— É continuar... Como é que minha afilhada recebeu recados dele, comadre? — perguntou Marramaque a Dona Engrácia.

— Ela diz que foi uma amiga que lhe trouxe — respondeu a mulher do carteiro.

— Grande amiga, essa! — comentou rindo-se Marramaque. — O que há a fazer, Joaquim, é continuar no que está e fazer que ele saiba que você não vê com bons olhos a insistência dele junto a Clara.

— Se ele teimar? — perguntou Engrácia.

— Publica-se nos jornais aquele folheto que recebi, vai-se à polícia, desmoraliza-se o tipo de uma vez; e ele que faça o que quiser.

Todos calaram-se. Lafões não precisou fazer isto, porque se havia mantido até então calado.

O carteiro voltou-se para ele e perguntou-lhe:

— Que diz a isto, Lafões?

— Isso... isso é matéria delicada. Não sou da família e, por isso, não me julgo com o direito...

— Eu também não sou — acudiu Marramaque. — Estou só dando com franqueza uma opinião que me pediram; mas certo de que, Joaquim, se você permitir que esse tal sujeito entre aqui, eu, apesar do muito que devo a você, não ponho mais os meus pés na sua casa.

Levantou-se, tomou a bengala e saiu mergulhado na treva da noite, que estava bem escura, quase sem estrelas, caminhando devagar, no seu passo de capenga, até à sua modesta casa, onde chegou sem temor e tranquilo de consciência.

Clara não pôde conciliar o sono. As ideias mais absurdas lhe passavam pela cabeça. Pensou em fugir, em ir ter com Cassi, em matar-se... Enchia-se de raiva contra o padrinho. Por fim, resolveu relatar, por carta, tudo o que se passou ao namorado. Saiu do quarto, logo que percebeu que o pai já tinha ido para a repartição; tomou naturalmente a bênção à mãe, lavou-se e serviu-se do café matinal. Como não tivessem vindo as "compras", disse à mãe que ia copiar música, enquanto as esperava. Era um pretexto. O que ela escreveu foi uma longa carta, narrando o que ouvira naquela noite a respeito dela e dele. Antes de Meneses começar a cuidar dos dentes, ela lhe fizera entrega da missiva, que o pobre velho, cheio de amargura, logo meteu na algibeira. Para que viver tanto? Pensou ele, limpando os ferros numa toalha de alvura imaculada.

Inteirado do que acontecera, vendo os seus planos fracassarem por causa daquele "João Minhoca" — ainda mais, com a ameaça de ver toda a sua escandalosa vida publicada nos jornais — Cassi encheu-se de uma má fúria, e munido dela, tomou a firme resolução de remover aquele trambolho capenga, que estava sempre estragando os seus planos, com os quais até já tinha gasto bastante dinheiro. Não subiam as despesas a mais de cinquenta mil-réis...

O seu furor foi grande, tanto que, ao ler em voz baixa a carta ao lado de Meneses, no botequim, este lhe notou a profunda alteração de fisionomia que, subitamente, a leitura lhe havia produzido. Os seus olhos chamejavam, os dentes estavam cerrados e toda a sua natureza baixa, feroz e grosseira se revelava, num fisionomia horrível.

Pagou alguma coisa que beber a Meneses e despediu-se, sem dizer mais nada. Meneses continuou a sorver os seus consoladores "calistos" e a perguntar de si para si:

— Que há? Que haverá? Que haveria?

O que havia era simples: Cassi premeditava simplesmente, friamente, cruelmente, o assassinato de Marramaque. Quando ele falou a respeito ao Arnaldo, limitou-se a dizer:

— Vamos dar-lhe uma surra.

— Por quê? — perguntou o outro.

Cassi respondeu:

— Esse velho está abusando da sorte para me insultar. Merece uma surra.

Não iam sová-lo, sabiam os dois desalmados; iam matá-lo...

Era sábado, dia em que Marramaque se demorava mais na venda do "Seu" Nascimento.

Chovia e a noite viera logo fechada e escura. Grossas nuvens negras pairavam baixo. As luzernas de gás, tangidas pelo vento, mal iluminavam aquelas torvas ruas dos subúrbios, cheias de árvores aos lados e moitas intrincadas de arbustos. Marramaque, vindo da repartição, deixara-se ficar até às oito na venda. Por essa hora, despediu-se e tomou o caminho de casa. Para se ir ter a ela, por ali, preconiza-se, entre outras, uma rua já quase completamente edificada, que terminava numa ladeira deserta. De um lado, o esquerdo, havia um terreno baldio, cheio de moitas altas; do direito, grandes árvores dos fundos de uma chácara, cuja frente era na rua paralela. Além de deserto, esse trecho era por demais sombrio, sobretudo em noites como aquela.

Marramaque, debaixo de chuviscos teimosos, embrulhado numa capa de borracha, subiu a ladeira, para depois descer o barranco e, finalmente, chegar à casa. Quando estava no alto da pequena elevação, dois sujeitos tomaram-lhe a frente e disseram-lhe:

— Capenga, você vai apanhar, para não se meter onde não é chamado.

Não teve tempo de dizer coisa alguma. Os dois descarregaram-lhe os cacetes em cima, pela cabeça, por todo o corpo; e o pobre Marramaque, logo à primeira paulada, caiu sobre um lado, arfando, mas já sem fala. Malharam-no ainda com toda a força e raiva, sem dó nem piedade; e fugiram, quando lhes pareceu momento oportuno.

No dia seguinte, ao passarem os primeiros transeuntes, ele estava morto. E, assim, morreu o pobre e corajoso Antônio da Silva Marramaque, que aos dezoito anos, no fundo de um "armazém" da roça, sonhara as glórias de Casimiro de Abreu e acabara contínuo de secretaria e assassinado, devido à grandeza do seu caráter e à sua coragem moral. Não fez versos ou os fez maus; mas, ao seu jeito, foi um herói e um poeta... Que Deus o recompense!

9

Um crime, revestido das circunstâncias misteriosas e da atrocidade de que se revestiu o assassinato de Marramaque faz sempre trabalhar todas as imaginações de uma cidade. Um homicídio banal em que se conheceu a causa, o autor, capturado ou não, e outros pormenores, deixa de oferecer interesse para ser um acontecimento banal da vida urbana, fatal a ela, como os nascimentos, os desastres e os enterros. Mas o assassinato de um pobre velho, manco, inofensivo, pobre, a pauladas, faz parecer a toda a gente que há, soltos e esbarrando conosco nas ruas, nas praças, nos bondes, nas lojas, nos trens, matadores, que só o são por prazer de matar, sem nenhum interesse e sem nenhuma causa. Então, todos acrescentam, aos inúmeros e insidiosos inimigos que tem a nossa vida, mais este do assassinato por divertimento, por passatempo, por esporte.

Um ou muitos, seja em que número forem, é sempre uma ameaça que paira sobre cada um de nós, zombando da mais ostensiva pobreza e não tendo em consideração a mais simples pacatez.

Marramaque não era rico nem andava com joias, sendo certo que não podia trazer consigo muito dinheiro. O motivo do crime, portanto, não seria o roubo. Ao contrário, o exame minucioso nos bolsos das vestes com que fora encontrado o seu cadáver não denunciou nenhuma tentativa de saque. O pouco dinheiro que tinha — três mil e tanto — estava intacto; uma carteira, encontrada numa das algibeiras interiores da casaca, continha unicamente papéis. Quando foi assassinado, vestia a farda de contínuo: casaca azul-marinho e calças da mesma cor. Tinha por baixo da casaca um comum colete preto, onde trazia um relógio de prata, preso numa antiga corrente de ouro, feita de diversos trancelins de ouro, reunidos por argolas também desse metal, com um remate em forma de estribo, cujo pedal era uma pedra negra. Pois bem: nem mesmo esta peça de algum valor foi-lhe roubada. Posta de lado a hipótese de roubo, qual poderia ter sido o motivo do crime? Amores, conquistas? O estado de saúde, a sua semi-invalidez logo afastavam tal hipótese. Política, questões de família — nada disso explicava o crime. Só na perversidade, na vontade de matar, por parte de alguém extremamente cruel e sedento de sangue, encontrar-se-ia a causa. Seria isso? — perguntavam todos.

A notícia do crime logo se espalhou pelo subúrbio inteiro, apesar de ser domingo o dia em que foi descoberto. A deformidade de Marramaque fazia-o notado e conhecido, de forma que, por toda a parte, se comentava o assassinato. A polícia tomou as providências de hábito; mas só iniciou as pesquisas no dia seguinte. Todos que estiveram na venda foram ouvidos; mas pouco ou nada adiantou. Nem o podiam fazer. Marramaque, em lá chegando, a chuva tinha cessado. Era sábado, e todos os *habitués* do armazém do "Seu" Nascimento lá estavam, inclusive Meneses, que se mostrava tagarela e simpático. Discutia-se despreocupadamente, e até Meneses causou grande hilaridade quando explicou a sua teoria transcendente sobre o "ovo de Colombo". No correr da discussão, alguém dissera:

— Isto é ovo de Colombo.

Parece que foi Marramaque a dizer, e Alípio aproveitou o ensejo, para perguntar:

— Que diabo quer dizer esta história de ovo de Colombo, na qual todo o mundo fala e não sei o que é?

Entre os circunstantes estava o senhor Monção, caixeiro-vendedor da grande casa de cereais Belmiro, Bernardes & Cia., que tinha suas luzes e gostava de palestrar, para descansar da afanosa lida de estar a "tocar realejo" aos varejistas, oferecendo-lhes feijão, arroz e milho, por bom preço.

Era um moço português, simpático, de bom porte e bem-educado. Tinha grande liberdade na roda e não houve nenhum espanto quando interveio:

— Pois não sabes, Alípio, o que é o ovo de Colombo?

— Não, "Seu" Mindela.

— É simples. No meio dos sábios espanhóis, depois da primeira viagem à América, Colombo, vendo o seu trabalho criticado e tido como fácil pelos sabichões de Castela, desafiou-os a pôr um ovo em pé.

— Eles puseram? — perguntou Alípio.

Meneses apressou-se:

— Não puseram; mas Colombo pôs.

— Como? — indagou Alípio.

Meneses explicou, tomando a palavra de Mindela, com todo o seu açodamento de sábio:

— Colombo, dando um movimento de rotação conveniente e um de translação adequado, dissolveu a gema do centro do ovo, para a base, trazendo, para a parte inferior do ovo, o centro de gravidade, de forma que o pôde pôr em pé.

Todos se entreolharam e viram o absurdo da explicação de Meneses. Ninguém se animava a contestar, mas Marramaque, tomando a dianteira de Mindela, que ia falar, saltou logo, em tom de gracejo:

— Qual, "Seu" Meneses! Esta história de translação, de rotação, de centro de gravidade, é bobagem; o que...

— Bobagem, Marramaque? Isto é mecânica transcendente, como é a questão do gato cair sempre sobre as patas, atirado que seja, do alto para baixo, em qualquer posição.

Marramaque foi-lhe ao encontro, sem pestanejar:

— Nós não temos nada com gato. Ovo se parece tanto com gato como um espeto. Ora bolas, "Seu" Meneses!

Todos os circunstantes riram-se a mais não poder; Meneses pôs-se a cofiar a longa e abundante barba branca, lamentando-se da sua derrota em mecânica e tudo. De repente, cobrou coragem e desafiou o contínuo:

— Quero ver, Marramaque, como é que você explica ter Colombo posto o ovo de pé?

— Muito simplesmente, Meneses. Vou contar a história como a li: "Num banquete, procuravam os nobres de Espanha rebaixar o mérito da descoberta de Colombo, e dizia um: 'As Índias já lá estavam e, se o senhor não as descobrisse, qualquer um outro as descobriria'. Colombo, sem responder, pediu um ovo; trouxeram-lhe e ele desafiou a que alguém o pusesse de pé. 'Impossível!', bradaram. Então, o navegador tomou o ovo, bateu com ele, quebrando ligeiramente a mais rombuda das extremidades, e fê-lo ficar de pé. 'Ora, isto também eu faria!...' replicaram. 'Sim, depois que me viram fazer. É simples, mas é preciso pensar no caso, e achar o meio'". Está aí como foi a coisa. Não tem nada de gravidade, nem de rotação, nem de translação, nem de constelação, nem de repulsão, nada tem em "ão", Meneses!

De novo a gargalhada foi geral e prolongada; e Meneses, muito encafifado, limitou-se a dizer:

— Isto não é científico; é uma explicação jocosa de anedota de almanaque. Podia demonstrar a minha interpretação com auxílio do cálculo, mas não é conveniente aqui... fica para outra ocasião.

Assim, sem outra preocupação, naquela tarde tempestuosa, conversaram na venda, enquanto Marramaque estivera e mesmo depois da sua saída. É óbvio que nenhuma das pessoas que lá estavam poderia adivinhar o que lhe ia acontecer pelo caminho. Chuviscava teimosamente, mas não havia o que se chama de chuva torrencial, quando o pobre contínuo se despediu. É verdade que a noite estava pavorosa de escuridão, e ameaçadoras nuvens pairavam baixo, ainda mais carregando de treva a atmosfera e ofuscando os lampiões, cuja luz oscilava sob o açoite de um vento constante e cortante. Não se via, como é costume dizer-se, um palmo diante do nariz. À polícia, pareceu que aquele misterioso assassinato, sem causa presumível, nascera de um segredo que só ele, Marramaque, podia revelar e, talvez, os seus papéis íntimos o revelassem. Resolveram, então, as autoridades perquiri-los, à cata de uma pista.

Morava Marramaque com uma tia materna, pouco mais moça que ele, tendo dois filhos homens, de doze e dez anos. Após ter enviuvado na roça, com alguma coisa, tomou o alvitre de comprar aquela casa e convidar o sobrinho para lhe fazer companhia e encaminhar a educação e a instrução dos filhos, e ajudá-la também.

A sua casa era inteiramente o contrário da de Meneses. Estava sempre limpa, móveis em ordem, completamente cercada, o jardinzinho da frente bem tratado. Helena, a tia de Marramaque, era muito metódica e econômica, de forma que a vida doméstica do sobrinho era regular e plácida. Ela costurava para os arsenais do governo e, com o que Marramaque lhe dava dos seus exíguos vencimentos, a vida deles corria sem contratempos. Não eram difíceis as suas comunicações com as estações da Central, quando feitas pelo bonde de Inhaúma, que passava na esquina; e, se o contínuo — como na noite fatídica do assassinato — tomava aqueles atalhos e subidas sempre que passava pela venda do Nascimento ou ia à casa do Joaquim, procurava aquele caminho mais curto. Helena vivia para os filhos; raras vezes, a não ser para regularizar as suas costuras, saía, indo uma ou outra vez à casa do carteiro, onde se aborrecia com o gênio taciturno de Engrácia. Foi ela quem assistiu desenterrar, do fundo de baús e gavetas, as recordações do seu pobre sobrinho.

As autoridades policiais pediram delicadamente autorização; e o delegado em pessoa foi examinar os papéis do infeliz contínuo.

Não encontrou coisa de valia. Havia no seu arquivo cartas de família, bilhetes de amigos, rascunhos de versos, entre os quais um de Raul Braga, de quem Marramaque fora amigo, e o célebre caderno sobre Cassi, que o delegado tinha também um exemplar. A não ser esses papéis sem importância, encontraram um caderno de versos, pronto a ir para o prelo, de autoria de Marramaque, intitulado *Boninas e Sensitivas — versos ingênuos de um homem bom e honesto que não é poeta.* Deram também com um retrato de mulher feita, numa pose popular, com o braço esquerdo descansando sobre uma coluna e tendo um leque enorme, pendente do direito, caindo ao longo do corpo. Era uma mulher bonita, de trinta anos, sadia e forte. Nas costas havia esta dedicatória: "Ao meu Antônio, a Eponina. 25-12-92." Mais abaixo, com letra de Marramaque, existiam estas observações: "Amor tudo vence; não pode vencer as obrigações de lealdade que devem sempre existir nas amizades perfeitas. Adeus!"

Quem seria? Os policiais indagaram; mas Dona Helena não lhes pôde explicar. Naquela data, ela nem casada era ainda; seu sobrinho já tinha vindo para o Rio. Quem seria?

Enfim, nada encontraram, e o crime foi sendo esquecido. Só duas pessoas podiam pôr as autoridades na pista verdadeira; eram Clara e Meneses.

Clara, logo que soube do assassinato do padrinho, ficou fora de si. Lembrou-se das ameaças veladas que Cassi fazia ao padrinho nas cartas que lhe escrevia; lembrou-se também da carta em que ela narrava ao namorado a atitude de Marramaque, quando o pai falou ao compadre na necessidade de ter um franco entendimento com o violeiro. Por aí e por outras pequenas circunstâncias, atribuía a Cassi o assassinato do padrinho e como que se julgava também sua cúmplice. Veio-lhe um medo daquele cantador meloso, dengoso, apesar de seu mau olhar gélido; e, num relâmpago, viu bem quanto de fingido e falso podiam conter as suas cartas ternas e cheias de protestos de boas intenções e de amor sincero e honesto.

Imediatamente, porém, explicou esse seu ato de desvario criminoso como um esporádico ato de loucura, provocado pelo amor que tinha a ela. Era um obstáculo e... Agradava-lhe a interpretação. Não tardariam, entretanto, a se explicar de viva voz, porque ela havia consentido afinal em conversar com ele na grade de casa, depois que seus pais se recolhessem. Então, nessa ocasião, ela avaliaria o grau de certeza de suas suspeitas. Meneses tinha levado uma carta dela nesse sentido; mas, tendo ficado atrapalhada por sentir a aproximação da mãe, não pôde Clara fechar a missiva convenientemente. Aberta, a moça, para não ser pilhada, passou-a precipitadamente ao velho, que assim a guardou jubilosamente. Quando se lhe ofereceu momento oportuno, leu-a.

Como toda a mulher sem instrução, Clara pegou na pena e não tinha vontade de a largar. Contava detalhes, repisava juras e pedia juramentos. Um destes era o de que ele a respeitaria sempre, e, se não fizesse isso, romperia as relações com ele. Estava disposta a esperá-lo às dez horas na grade, daí a oito dias, e isso o fazia porque "Seu" Meneses tinha dado o serviço dos dentes por terminado.

De fato, Meneses, aborrecido com aquele negócio de cartas e com o desdém com que Cassi o tratava, ademais da ignóbil farsa que se prestava, resolveu dar por findo o trabalho. A leitura da carta não lhe causou nenhuma estranheza; ele já esperava por este fim. Estava forrado de uma indiferença de vencido. Sentiu-se de mãos e pés atados para ter qualquer movimento de censura ou de conselho. É que ainda não lhe tinha chegado aos ouvidos a notícia do bárbaro assassinato de Marramaque. Quando, porém, veio a saber, teve uma forte vergonha do seu procedimento, da sua covardia. Compreendeu que aquelas meias palavras de Cassi sobre Marramaque, aquele fisionomia horrenda que vira certa vez lhe desfigurar a face ao falar do contínuo, eram os sinais do assassinato do bondoso velho, que o violeiro premeditava. O infeliz Meneses passou o dia todo e a noite inteira voltado para dentro de si mesmo. Não sabia mais chorar, mas o seu remorso era intenso. Ele se julgava também cúmplice daquele desalmado. Por que calara o que sabia? Por que se acovardara a ponto de servir de *leva e traz*? Oh! Ele não era mais homem, não tinha mais dignidade!

Cassi, entretanto, não demonstrou o menor abalo. Leu as notícias dos jornais, as censuras contra os assassinos de que estavam cheios; ouviu as maldições de todos, nos cafés, nos bondes, em todas as conversas e por toda a parte; mas nenhum arrependimento sentia. Só lhe faltava o orgulho íntimo de ter efetuado tão rara proeza para ser completa a sua inumanidade e o seu abjeto sossego íntimo. Não tinha orgulho, mas havia nele como que alívio de se ver livre daquela espécie de duende, de fantasma, que vivia a persegui-lo.

Com Arnaldo, já não acontecia o mesmo. Passado o fato, com a leitura dos jornais, com as censuras amargas que via em todas as bocas, até nas daqueles afeitos ao crime, o sócio de Cassi, se não viu remorsos, começou a ter susto. Não pôde reprimir o impulso que o levou a ver o cadáver. Estavam os restos de Marramaque quase tal e qual como foram encontrados. Os médicos ainda não haviam praticado a autópsia. A cabeça partida, os olhos fora das órbitas, todo o rosto coberto de uma lama sangrenta, o braço semiparalítico partido, as roupas, ensopadas de lama e sangue... Era horrível! No necrotério, acotovelava-se uma multidão, e todos, em voz baixa, cobriam de ofensas, de injúrias e pragas os malvados que tinham levado a efeito tão estranho e inconcebível crime... Um crioulo, muito negro, forte, com grandes "peitorais" salientes, dizia bem alto do lado de fora:

— Eu não sou santo... Já fiz das minhas... Conheço a maldade; mas Deus me castigue, me ponha um raio em cima e faça apodrecer em vida, se eu fosse capaz de fazer tão porco "trabalho"... Os que o fizeram, nem esfolados vivos pagariam... Para que mataram esse pobre velho?

Arnaldo voltou do depósito fúnebre apreensivo. Não havia nele, a bem dizer, arrependimento. O que ele sentia era medo de ser descoberto, de pegar cadeia trinta anos a fio, porque não podia ser mais. Chegou aos subúrbios apavorado; e, quando topou com Cassi, disse, com olhar desvairado:

— Chi, Cassi! O homem estava horrível...

O violeiro virou-se para ele, olhou-o firme com seu olhar fosco e falou-lhe com energia e fogo nos olhos:

— Cala-te, miserável! Queres pôr tudo a perder...

Ainda que temesse as fúrias do seu companheiro e cúmplice, não lhe passava o terror de ser descoberto pela polícia. Deu em beber; Cassi vigiava-o com medo que ele desse com a língua nos dentes. Não o deixava só, quando estava em "rodas".

Nos botequins, não entrava um freguês que Arnaldo não examinasse meticulosamente, cautelosamente, com o rabo dos olhos. Às vezes, não se continha e apontava:

— Cassi, aquele é agente do décimo oitavo...

O modinheiro, em voz baixa, mas com autoridade, repreendia-o:

— Estás doido! Queres nos pôr no "x"[42], pelo resto da vida.

No começo, Cassi teve medo que a embriaguez o fizesse denunciá-los; mas, bem cedo, percebeu que a sua bebedeira tomava uma feição choramingas, efusiva, dava para abraçar todos e, com voz de mágoa íntima, repetia de onde em onde, sem nada entender do que se dizia ao redor:

— Eu não sou mau... Eu sou um bom rapaz... Nunca fiz mal a ninguém...

Então, Zezé Mateus, também já muito bêbedo, derreado completamente na cadeira, com os olhos divergentes e vidrados, babando-se todo e gaguejando, retrucava:

— Meu querido Arn... ar... ar... Arnaldo, você é uma... pomba sem... sem fel.

Em seguida, depois de limpar a baba com o lenço, continuava:

— Quem foi que... que disse que... você é... é mau? — e acrescentava — Traga... Traga este su... su... sujeito aqui que... que eu parto a cara dele.

---

42 No contexto, mesmo que "xadrez", cadeia [N.E.]

Arnaldo, por aí, levantava-se comovido e abraçava Zezé Mateus, que se mantinha na cadeira e, com dificuldade, erguia os braços, a fim de cingir o camarada.

Repetiam daí a pouco a cena, com pequenas variantes, debaixo das zombarias forçadas de Cassi, a quem tais espetáculos não deixavam de fazer mal. Os outros companheiros riam-se a bom rir, sem nada suspeitar.

Entretanto, o violeiro não se fiava muito que Arnaldo sempre procedesse assim. A embriaguez — ele sabia — é caprichosa, ora dá para isto, ora dá para aquilo, podia aparecer qualquer coisa a respeito do crime e era preciso que ele, Cassi, tomasse as suas precauções. A entrevista com Clara estava marcada para o fim da semana. Tinha de ir; tinha que dar fim "naquilo" que tanto trabalho lhe dera e estava dando. Antes de tudo, porém, era preciso estar preparado para o que desse e viesse. Não contava mais com proteção; Barcelos não valia nada e só prestava pequenos serviços em vésperas de eleição. Quando elas estavam distantes, fiava com má cara um cálice de cachaça... Era preciso ter tudo pronto para fugir do Rio de Janeiro ao primeiro sinal de alarme, tanto mais que sabia, por indiscrições de Meneses, que as ouvira na venda do "Seu" Nascimento, que o marido de Nair — aquela moça que ele desencaminhara, e a mãe, por isso, se suicidara — estava disposto a persegui-lo, como já o perseguia, com os famosos cadernos, mas mais eficazmente, desde que se metesse em "alguma". Considerou bem que as coisas agora seriam mais difíceis, e as pedras que semeara no caminho, começavam a erguer-se para lapidá-lo.

Tomou a extrema resolução de vender os galos de briga. O dinheiro que apurasse, depositaria na Caixa Econômica, para tê-lo sempre à mão quando fosse necessário fugir. A mãe, vendo carroças chegarem à porta e as gaiolas e capoeiras saírem, a fim de tomarem lugar nos transportes, foi indagar-lhe o que havia:

— Nada, mamãe. Vou para fora, trabalhar...

— Para onde, Cassi?

— Vou para Mato Grosso, empregar-me na construção de uma estrada de ferro.

— Como trabalhador de picareta, meu filho?

— Não, mamãe, vou ser chefe de turma e praticar nos instrumentos, até conseguir ser encarregado geral.

Dona Salustiana assim mesmo não ficou contente. Ela conhecia a ignorância do filho, a sua inferioridade mental e a sua incapacidade para aplicar-se a alguma coisa que demandasse o menor esforço intelectual; viu bem, portanto, que, numa construção de estrada de ferro, ele só podia ser simples trabalhador braçal, pegar na foice e roçar, no machado e derrubar, na picareta e cavar, mais nada! Voltou chorando para onde estavam as filhas:

— Você não sabe, Catarina? Você não sabe, Irene, de uma coisa? Ai! Meu Deus!

— Que é, mamãe? — perguntou Catarina.

— Que há, mamãe? — indagou Irene.

— Minhas filhas, vocês não sabem que desgraça para a família, Cassi...

— O que houve? — assustou-se Catarina.

— Cassi está doido e quer envergonhar-nos a todos nós, o meu avô que foi cônsul da Inglaterra... Ah! Se ele ressuscitasse, que vexame não passaria!

— Que é que Cassi vai fazer? — fez Irene com calma.

— Vai ser trabalhador de enxada, numa estrada de ferro de Mato Grosso.

Irene, que era severa e nunca perdoaria ao irmão as maliciosas perguntas que as colegas da escola lhe faziam, vexando-a bastante, quando acontecia aparecer o nome dele nos jornais, nas suas habituais cavalarias, observou:

— Que tem isso, mamãe! Ele tem saúde, ao invés de andar por aí a fazer das suas, a nos envergonhar por toda a parte, é melhor que ele trabalhe para ver se toma caminho.

Dona Salustiana olhou espantada para a filha e disse cheia de mágoa:

— É que você não é mãe; mas, em breve, você será, então...

Catarina interferiu:

— Mamãe, eu não acho motivo para lástima. O que é de todo reprovável é que ele leve toda a vida a que está levando... O melhor é aventurar...

O pai veio a saber da resolução do filho, sobre quem não punha os olhos, havia dois anos.

Não conteve a sua alegria e exclamou:

— Que se vá! Que vá para o diabo! Já é tempo!

Acrescentou em seguida:

— Vocês vão ver que ele fez uma das suas; vai fugir e deixar-nos vexados, senão atrapalhados. Seja tudo pelo amor de Deus! Que se vá e nos deixe em paz.

Vendidos os galos, galinhas, frangos e pintos, apurou quinhentos mil-réis, que se dispôs a depositar na Caixa Econômica, logo no dia seguinte ao do recebimento.

Nesse dia, despertou cedo, banhou-se cuidadosamente, escolheu bem a roupa branca, viu bem se a meia não estava furada, escovou o terno cintado e, cuidadosamente, meteu mão à obra de vestir-se com apuro, para vir à "cidade". Raramente vinha ao centro. Quando muito, descia até o Campo de Sant'Ana e daí não passava. Não gostava mesmo do centro. Implicava com aqueles elegantes que se postavam nas esquinas e nas calçadas. Achava-os ridículos, exibindo luxo de bengalas, anéis e pulseiras de relógio. É verdade, pensava consigo, que ele usava tudo aquilo; mas era com modéstia, não se exibia. Recordava que não tinha posses, mas, mesmo que as tivesse, não se daria a tal ridículo... Essa sua filosofia sobre a elegância, de elegante suburbano, ele aplicava às moças. Quanto dengo! Para que aqueles passos estudados? Aqueles modos de dizer adeus?

Achava tudo ridículo, exagerado, copiado, mas não sabia bem de que modelo. O que de fato sentia não era o que expunha aos amigos ou às belezas suburbanas que, porventura, conquistasse. O que ele sentia diante daquilo tudo, daquelas maneiras, daqueles trejeitos elegantes, daquelas conversas que não entendia, era a sua ignorância, a sua grosseria nativa, a sua falta de educação e de gosto. O seu ódio, então, ia forte para os poetas e jornalistas, sobretudo, para estes. Não perdoava as descalçadeiras, os deboches que lhe passavam, quando tinham de denunciar alguma das suas ignóbeis proezas.

— Uns sujos! — dizia ele. — Uns malandros! — continuava. — Que querem ditar moral!

O seu primeiro ímpeto, quando lia notícias a seu respeito, era atirar-se contra um deles — naturalmente o que lhe parecesse mais fraco — e cobri-lo de pancadas. Sustinha o ímpeto, porém, porque sabia: se tal fizesse, estaria perdido. A guerra seria sem tréguas, e "novos e velhos" da sua interminável conta sairiam à luz. Secretamente, tinha um respeito pela cidade, respeito de suburbano genuíno que ele era, mal-educado, bronco e analfabeto.

Mal tomou o café matinal, concertou ainda a gravata e pôs-se na rua. Era cedo, mas temia pelo dinheiro que tinha na algibeira. Não queria que ninguém soubesse da existência de avultada quantia em seu poder e, muito menos, que premeditava fugir. Embarcou no primeiro trem e, esgueirando-se pela Central, conseguiu não encontrar conhecido que lhe fizesse perguntas indiscretas.

Cassi Jones, sem mais percalços, se viu lançado em pleno Campo de Sant'Ana, no meio da multidão que jorrava das portas da Central, cheia da honesta pressa de quem vai trabalhar. A sua sensação era que estava numa cidade estranha. No subúrbio tinha os seus ódios e os seus amores; no subúrbio tinha os seus companheiros, a sua fama de violeiro percorria todo ele e, em qualquer parte, era apontado; no subúrbio, enfim, ele tinha personalidade, era bem Cassi Jones de Azevedo; mas ali, sobretudo do Campo de Sant'Ana para baixo, o que era ele? Não era nada. Onde acabavam os trilhos da Central, acabava a sua fama e o seu valimento; a sua fanfarronice evaporava-se, e representava-se a si mesmo como esmagado por aqueles "caras" todos, que nem o olhavam. Fosse no Riachuelo, fosse na Piedade, fosse em Rio das Pedras, sempre encontrava um conhecido, pelo menos, simplesmente de vista; mas, no meio da cidade, se topava com uma cara já vista, num grupo da Rua do Ouvidor ou da avenida, era de um suburbano que não lhe merecia nenhuma importância. Como é que ali, naquelas ruas elegantes, tal tipo — tão malvestido — era festejado, enquanto ele, Cassi, passava despercebido? Atinava com a resposta, mas não queria responder a si mesmo. Mal a formulava, apressava-se em pensar noutra coisa.

Na "cidade", como se diz, ele percebia toda a sua inferioridade de inteligência, de educação; a sua rusticidade, diante daqueles rapazes a conversar sobre coisas de que ele não entendia e a trocar piadas; em face da sofreguidão com que liam os placares dos jornais, tratando de assuntos cuja importância ele não avaliava, Cassi vexava-se de não suportar a leitura. Comparando o desembaraço com que os fregueses pediam bebidas variadas e esquisitas, lembrava-se que nem mesmo o nome delas sabia pronunciar; olhando aquelas senhoras e moças que lhe pareciam rainhas e princesas, tal e qual o bárbaro que viu, no Senado de Roma, só reis, sentia-se humilde. Enfim, todo aquele conjunto de coisas finas, de atitudes apuradas, de hábitos de polidez e urbanidade, de franqueza no gastar, reduziam-lhe a personalidade de medíocre suburbano, de vagabundo doméstico, a quase coisa alguma.

Saltando na Central, não procurou bonde. Engolfou-se num filete de multidão que se alastrava em direção à Prefeitura e marchou a pé até o "centro". Desde o Largo do Rossio, foi parando diante das vitrines. Demorava-se a ver joias através de fortes vidros que as protegiam contra a cobiça alheia. Mirava anéis e relógios, braceletes e brincos, mais àqueles do que a estes, já que não lhe brotava no coração nenhuma necessidade de dar presentes às amadas. Tão caros, não valia a pena!... Uma bengala de junco, esquinada, com castão de ouro, tentou-o. Os quinhentos mil-réis que tinha na algibeira murmuraram-lhe alguma coisa ao ouvido. Prontamente repudia a tentação; precisava estar seguro...

Entrou pela Rua Sete de Setembro e, daí em diante, foi admirando as roupas por toda a longa fachada do Parc Royal[43]. Parando diante das vitrines, onde havia roupas e outras peças de vestuário para homens, viu fraques, suspensórios, ligas, colarinhos, camisas... Que coisas lindas!

Tomou a Rua do Ouvidor e foi descendo, sempre parando em frente das casas que tinham artigos para homens. Por desfastio, desviou-se a olhar as vitrines de uma livraria. Olhou-lhe também o interior. Livros de alto a baixo. Para que tantos livros? Aquilo tudo só seria para fazer doidos. Ele tinha livros, na verdade; mas eram alguns livros de amor... Que livros, meu Deus! Teve vontade de tomar café; hesitou um pouco! Mas, afinal, animou-se. Estava quase na hora. A Caixa Econômica não tardaria em abrir-se. Lá chegando, teve que aguardar a abertura da porta. Já havia gente à espera. Olhou-a de relance. Fisionomias diferentes de trato e de cor: velhas de mantilha, moças de peito deprimido, barbudos portugueses de duros trabalhos, rostos de caixeiros, de condutores de bonde, de garçons de hotel e de botequim, mãos queimadas de cozinheiras de todas as cores, dedos enrugados de humildes lavadeiras — todo um mundo de gente pobre ia ali depositar as economias que tanto lhes devia ter custado a realizar, ou retirá-las, para acorrer a qualquer drama das suas necessitadas vidas. Aborreceu-se com aquele contato...

Penetrando no saguão, pôs-se a ler os cartazes onde estavam as disposições legais que interessavam ao público. Diabo! A providência não lhe servia... Para confirmar, dirigiu-se a um empregado num guichê que tinha ao alto este letreiro: "Informações". Não lhe servia absolutamente. Para retirar mais de duzentos mil-réis, tinha que avisar previamente. Não; não depositaria. O dinheiro devia estar sempre ao alcance da mão... Saiu e, a fim de não ser visto por algum conhecido, procurou alcançar o Largo de São Francisco, atravessando aqueles

---

43 Magazine Parc Royal foi a primeira loja de departamento inaugurada na cidade do Rio de Janeiro, fundada em 1873. A loja foi destruída por um incêndio em 1943 [N.E.]

velhos becos imundos que se originam da Rua da Misericórdia e vão morrer na rua Dom Manuel e no Largo do Moura. Penetrou naquela velha parte da cidade, hoje povoada de funestas hospedarias, mas que já passou por sua época de relativo realce e brilho. Os botequins e tascas estavam povoados do que há de mais sórdido na nossa população. Aqueles becos escuros, guarnecidos, de um e outro lado, por altos sobrados, de cujas janelas pendiam peças de roupa a enxugar, mal varridos, pouco transitados, formavam uma estranha cidade à parte, onde se iam refugiar homens e mulheres que haviam caído na mais baixa degradação e jaziam no último degrau da sociedade. Escondiam, na sombra daquelas betesgas[44] coloniais, nas alcovas sem luz daqueles sobrados, nos fundos caliginosos das sórdidas tavernas daquele tristonho quarteirão, a sua miséria, o seu opróbrio[45], a sua infinita infelicidade de deserdados de tudo deste mundo. Entre os homens, porém, ainda havia alguns com ocupação definida; marítimos, carregadores, soldados; mas as mulheres que ali se viam, haviam caído irremissivelmente na última degradação. Sujas, cabelos por pentear, descalças, umas de chinelos e outras de tamancos. Todas metiam mais pena que desejo. Como em toda e qualquer seção da nossa sociedade, aquele agrupamento de miseráveis era bem um índice dela. Havia negras, brancas, mulatas, caboclas, todas niveladas pelo mesmo relaxamento e pelo seu triste fado.

Cassi Jones ia atravessando aquele bairro singular e escuro, quando, do fundo de uma tasca, lhe gritaram:

— Olá! Olá! "Seu" Cassi! Ó "Seu" Cassi!

Insensivelmente, ele parou para verificar quem o chamava. De dentro da taverna, com passo apressado, veio ao seu encontro uma negra suja, cabelo desgrenhado, com um caco de pente atravessado no alto da cabeça, calçando umas remendadas chinelas de tapete. Estava meio embriagada. Cassi espantou-se com aquele conhecimento; fazendo um ar de contrariedade, perguntou amuado:

---

44 Mesmo que viela, beco sem saída [N.E.]

45 Desonra pública, vexame, degradação [N.E.]

— Que é que você quer?

A negra, bamboleando, pôs as mãos nas cadeiras e fez com olhar de desafio:

— Então, você não me conhece mais, seu *canaia*? Então você não *si* lembra da Inês, aquela crioulinha que sua mãe criou e você…

Lembrou-se, então, Cassi, de quem se tratava. Era a sua primeira vítima, que sua mãe, sem nenhuma consideração, tinha expulsado de casa em adiantado estado de gravidez. Reconhecendo-a e se lembrando disso, Cassi quis fugir. A rapariga pegou-o pelo braço:

— Não fuja, não, seu patife! Você tem que *ouvi* uma *pouca* mas de *sustança*.

A esse tempo, já os frequentadores habituais do lugar tinham saído das tascas e hospedarias e formavam roda, em torno dos dois. Havia homens e mulheres, que perguntavam:

— O que há, Inês?

— O que te fez esse moço?

Cassi estava atarantado no meio daquelas caras antipáticas de sujeitos afeitos a brigas e assassinatos. Quis falar:

— Eu não conheço essa mulher. Juro…

— *Muié*, não! — fez a tal Inês, gingando. — Quando você *mi* fazia *festa*, *mi* beijava e *mi* abraçava, eu não era *muié*, era outra coisa, seu *cosa* ruim!

Um negro esguio, de olhar afoito, com um ar decidido de capoeira, interveio:

— Mas, Inês, quem é afinal esse moço?

— É o *homi qui mi* fez mal; que *mi* desonrou, *mi pois* nesta *disgraça*.

— Eu! — exclamou Cassi.

— Sim! Você *memo*, seu *caradura*! *Mi alembro* bem… Foi até no quarto de sua mãe… Estava arrumando a casa.

Uma outra mulher, mas esta branca, com uns lindos cabelos castanhos, em que se viam lêndeas, comentou:

— É sempre assim. Esses *nhonhôs gostosos* desgraçam a gente, deixam a gente com o filho e vão-se. A mulher que se fomente… Malvados!

Cassi ouvia tudo isso sem saber o que fazer. Estava amarelo e olhava, por baixo das pálpebras, todas as faces daquele ajuntamento. Esperava a polícia, um socorro qualquer. A preta continuava:

— Você sabe onde *tá* teu *fio*? *Tá* na detenção, fique você sabendo. *Si* meteu com ladrão, é *pivete* e foi *pro xadrez*. Eis aí que você fez, seu *marvado*, *homi mardiçoado*. Pior do que você só aquela galinha-d'angola de tua mãe, seu sem-vergonha!

Cassi fez um movimento de repulsa e que a rapariga não perdeu.

— *Óie* — disse ela, para os circunstantes — Ele diz que não é o tal. Agora *memo se acusou-se*, quando chamei a ratazana da mãe dele de galinha-d'angola... É uma *marvada*, essa mãe dele, uma *véia* cheia de *imposão* de inglês. Inglês, que inglês...

Soltou uma inconveniência, acompanhada de um gesto despudorado, provocando uma gargalhada geral. Cassi continuava mudo, transido de medo; e a pobre desclassificada emendava:

— *Tu* é mau, mas tua mãe é pior. Quando ela descobriu *qui* eu *tava* com *fio* na barriga, *mi pois* pela porta afora, sem pena, sem dó *di* eu não *tê pronde í*. E o *fio* era neto dela e ela *mi* tinha criado... Vim da roça... Ah! Meu Deus! Se não fosse uma amiga, tinha posto o *fio* fora, na rua, que era serviço... Deus perdoe a *tua* mãe o que *mi* fez *i* a meu *fio*, *fio* deste *qui tá i*, também, Deus lhe perdoe!

E a pobre negra abaixou-se para apanhar a barra da saia enlameada, a fim de enxugar as lágrimas com que chorava o seu triste destino, talvez mais que o dela, o do seu miserável filho, que, antes dos dez anos, já travara conhecimento com a Casa de Detenção...

Graças à intervenção do dono da tasca, que tinha com o guarda de ronda o compromisso de manter a ordem no "reduto", o ajuntamento se desfez, e Cassi pôde continuar seu caminho. Por despedida, porém, ainda levou uma surriada das mulheres, que o descompunham em baixo calão, enquanto Inês imprecava:

— *Marvado*! Desgraçado! Caradura! Hás de *mi pagá*, seu *canaia*!

Logo que se viu livre do perigo, Cassi respirou, compôs a fisionomia, apalpou o dinheiro na algibeira e fez de si para si:

— Acontece cada uma! Para que havia de dar esta negra... Felizmente, foi em lugar que ninguém me conhece; se fosse em outro qualquer, que escândalo! Os jornais noticiariam e... Não passo mais por ali e ela que fosse para o diabo!... Fico com o dinheiro em casa.

Nenhum pensamento lhe atravessou a cabeça, considerando que um seu filho, o primeiro, já conhecia a detenção...

10

Clara dos Anjos, meio debruçada na janela do seu quarto, olhava as árvores imóveis, mergulhadas na sombra da noite, e contemplava o céu profundamente estrelado. Esperava.

Fazia uma linda noite sem luar; era silenciosa e sublime. As árvores erguiam-se rijas e se recortavam na sombra, como desenhadas. Nem uma aragem corria; mas estava fresco. Não se ouvia o mínimo ruído natural. Nem o estridular de um grilo; nem o piar de uma coruja. A noite quieta e misteriosa parecia aguardar quem a interrogasse e fosse buscar no seu sossego paz para o coração.

Clara contemplava o céu negro, picado de estrelas, que palpitavam. A treva não era total por causa da poeira luminosa que peneirava das alturas. Ela, daquela janela que dava para os fundos de sua casa, abrangia uma grande parte da abóbada celeste. Não conhecia o nome daquelas joias do céu, das quais só distinguia o Cruzeiro do Sul. Correu com o pensamento errante toda a extensão da parte do céu que avistava. Voltou ao Cruzeiro, em cujas proximidades, pela primeira vez, reparou que havia uma mancha negra, de um negro profundo e homogêneo de carvão vegetal. Perguntou de si para si:

— Então, no céu, também se encontram manchas?

Essa descoberta, ela a combinou com o transe por que passara. Não lhe tardaram a vir lágrimas e, suspirando, pensou de si para si:

— Que será de mim, meu Deus?

Se "ele" a abandonasse, ela estava completamente desmoralizada, sem esperança de remissão, de salvação, de resgate... Moça, na flor da idade, cheia de vida, seria como aquele céu belo, sedutoramente iluminado pelas estrelas, que também tinha ao lado de tanta beleza, de tanta luz, de não sabia que sublime poesia, aquela mancha negra como carvão. Cassi a teria de fato abandonado? Ela não podia crer, embora há quase dez dias não a viesse ver. Se ele a abandonasse, o que seria dela? Veio-lhe então perguntar a si mesma como se entregou. Como foi que ela se deixou perder definitivamente?

Clara não podia bem apanhar todas as fases dessa queda; ela se lembrava de poucas e sem nitidez apreciável. Tudo foi num galope para a desgraça... Em começo, a primeira impressão simpática, os gemidos do violão, aquela doce melodia, seguidos dos requebros dos olhares do tocador, que os exagerava e punha neles não sei que chama estranha, melosa e, ao mesmo tempo, quente. Impressionara-se muito com isso, tão preparada já estava para os efeitos do instrumento. Depois, aquela oposição de todos, aquele falar contínuo nele, para dizer mal, tanto da parte do padrinho, como da parte da mãe e de Dona Margarida. Essa insistência em difamá-lo fizeram que ela representasse — dentro de si mesma — Cassi como um homem excepcional, que causava inveja a todos pelas suas qualidades de bravura, pela sua habilidade no canto e na viola. Não acreditava no que diziam dele... Pareceu-lhe, na primeira vez que o viu, tão modesto, tão reservado de modos, tão delicado, que não podia ser o que diziam. Quando conversou com ele, meses depois, pela primeira vez, no gradil de sua casa, mais esse retrato se firmou; as suas conversas eram tão inocentes e honestas, falando sempre em empregar-se e casar-se com ela; removendo as objeções e dúvidas que ela punha quanto à viabilidade do casamento deles, com segurança e franqueza; contrapondo, para mostrar a sua possibilidade, à cor dela, além da grande paixão que nutria, a sua pobreza, a oposição dos pais, a sua falta de posição, de saber — o que não permitia a ele aspirar a grandes casamentos vistosos, com mulher mais bem-educada do que ele, mais instruída...

O seu ideal era Clara, pobre, meiga, simples, modesta, boa dona de casa, econômica que seria, para o pouco que ele poderia vir a ganhar...

De dia para dia, ele ganhava com mais força a confiança da rapariga. Ela se convencia e sonhava a toda hora com aquela "casa branca da serra", onde iria aninhar o seu amor por Cassi. Indagava, em todas as entrevistas, dos passos que ele dava para obter emprego, colocação; e ele, cheio de dengos, com afagos, dizia-lhe com açúcar nas palavras:

— Sossega, filhinha querida! Roma não se fez num dia... É preciso esperar... Falei ao doutor Brotero, que me deu uma recomendação para o Senador Carvalhais. Procurei este e ele me disse que, para o Cais do Porto, não podia arranjar... Tinha pedido muito e muito; estava "queimado", como se diz.

Ouvindo tudo isto, Clara sentia-se desfazer, ao calor, à meiguice, ao entono amoroso daquela voz. Era mesmo um bom, um sincero, um namorado — mais que isto, um noivo! — esse Cassi.

— Por que você não me "pede" a papai? — perguntou-lhe um dia.

Cassi, sem hesitação, com o mais convincente tom de franqueza, respondeu:

— Não posso ainda, meu bem. Seus pais... É verdade que seu padrinho não existe mais...

A estas palavras, Clara estremeceu e olhou-o medrosa; ele, porém, não percebeu o movimento da rapariga, como ainda não tinha notado as suspeitas que ela tinha, de quando em quando, da intervenção dele no assassinato do padrinho. No começo, Clara quase ficara certa de que ele estava metido no crime; mas, quando, daí a dias conversou com ele, fosse a emoção da primeira entrevista, fosse a ternura com que a cobria e se expandia por ele todo, ela afastou a convicção e perdeu o terror que ele começara a lhe inspirar. A sua débil inteligência, a sua falta de experiência e conhecimento da vida, aliado tudo isto à forte inclinação que tinha e não esmorecia pelo violeiro, agiram sobre a sua consciência, de forma a inocentar a seus olhos o tocador de violão, no caso da morte misteriosa do padrinho. Entretanto, de quando em quando, lá lhe vinha uma suspeita, mas ele era tão bom...

Cassi, sem hesitação, respondeu-lhe à pergunta, no mais persuasivo tom de franqueza:

— Não posso ainda, meu bem. Seus pais... É verdade que seu padrinho não existe mais; mas Dona Engrácia não me suporta. Além disso, essa Dona Margarida também não me traga... Que estranho o que se passou com ela e Timbó...

— Você, por que anda com ele, Cassi?

— Que hei de fazer? Ele não me faz e não me fez mal; procura-me e não posso correr com ele. É por isso.

— Mas é só por isso que você não me pede? Por causa da implicância que têm com você? Por isso só, não!

— Não é só por isso. É porque estou ainda desempregado. Se eu estivesse empregado, desarmava todos; e, *fique você certa*, logo que me empregue, peço-te em casamento.

Recordando-se disso, Clara, mais uma vez, contemplou o céu profusamente estrelado; mas, logo, deu com a mancha de alcatrão e ficou triste.

Rememorando conversas e fatos, ela punha todo o esforço em analisar o sentimento, sem compreender o ato seu que permitiu Cassi penetrar no seu quarto, alta noite, sob o pretexto de que precisava se abrigar da chuva torrencial prestes a cair. Ela não sabia decompô-lo, não sabia compreendê-lo. Lembrando-se, parecia-lhe que, no momento, lhe dera não sei que torpor de vontade, de ânimo, como que ela deixou de ser ela mesma, para ser uma coisa, uma boneca nas mãos dele. Cerrou-se nela uma neblina nos olhos, veio-lhe um esquecimento de tudo, agruparam-se as lembranças e as recordações e toda ela se sentiu sair fora de si, ficar mais leve, aligeirada não sabia de quê; e, insensivelmente, sem brutalidade, nem violência de espécie alguma, ele a tomou para si, tomou a sua única riqueza, perdendo-a para toda a vida e vexando-a, daí em diante, perante todos, sem esperança de reabilitação.

Pôs-se a chorar silenciosamente. No seio da noite, um apito de locomotiva ecoou como um gemido; as árvores como que estremeceram; por sobre um capinzal próximo, um vaga-lume emitia a sua luz de prata azulada; por cima da casa, morcegos silenciosos esvoaçavam; ao longe, as montanhas tinham aspectos sinistros, de gigantes negros que montavam sentinela; tudo era silêncio e, em vão, ela apurava o ouvido e reforçava o seu poder de visão, para ver se daquele mistério todo saía qualquer resposta sobre o seu destino — ou se via o caminho para a sua salvação...

Olhou ainda o céu, recamado de estrelas, que não se cansavam de brilhar. Procurou o Cruzeiro, rogou um instante a Deus que a perdoasse e a salvasse. Andou com o olhar no céu, um pouco além; lá estava a indelével mancha de carvão...

"Ele" não vinha; os galos começavam a cantar. Fechou a janela chorando e chorando foi se deitar. Custou a conciliar o sono; e a visão ameaçadora da descoberta, por parte dos seus, da sua falta, passou-lhe pelos olhos e aterrou-a como um duende, um fantasma.

Em casa e fora, ainda ninguém suspeitava. Os sintomas de gravidez, por ora, não se faziam sentir. É verdade que tinha náuseas, enjoos sem causa nem motivo; mas ela dissimulava-os tão bem, que sua mãe nada percebia.

Dona Engrácia mesmo era de seu natural pouco sagaz e tinha grande confiança na vigilância que exercia sobre a filha. Joaquim, nos dias úteis, mal via a filha, apenas pela manhã, ao sair, e à noite, quando voltava do serviço.

A morte desgraçada do seu compadre Marramaque o fizera triste, verdadeiramente triste e acabrunhado. A sua amizade era velha, e ele devia favores inolvidáveis ao pobre contínuo. Fora ele quem aperfeiçoara o pouco que ele, Joaquim, sabia, para ser carteiro. Devia-lhe esse serviço espontâneo. Mais de uma vez, arranjara-lhe recomendações para promoções, de modo que o que era, devia de alguma sorte a Marramaque. As partidas de solo aos domingos não se realizavam mais. Lafões tinha sido transferido para os mananciais. O sagaz minhoto farejava que aquele negócio de Cassi desandaria em desgraça. Ele não a podia impedir, mas não a queria assistir, tanto mais que se sentia arrependido de ter apresentado o modinheiro em casa do carteiro. Enganou-o, o malandro! Fizera-o de boa-fé...

O único que aparecia, ainda, era Meneses. Estava, porém, amalucado, monomaníaco. Fugia de todas as conversas e teimava em expor o seu sistema de carro motor, sem rodas, absolutamente sem rodas. Uma grande descoberta! — arrematava ele.

— A roda, meu caro Joaquim, é um atraso das nossas máquinas. No seu acionamento, devido ao atrito dos eixos nos mancais e outros meios de transmissão da força, perde-se muito do efeito útil desta, proveniente das resistências passivas. Se nós, para nos movermos, se um cavalo, um elefante e todos os animais empregassem rodas para se deslocarem de um ponto para outro, a força que despenderiam seria muitas vezes maior do que a de que efetivamente dispõem. Suprimo as rodas da minha "Andotiva" (é assim que o meu aparelho se chama) e imito o meio de locomover-se dos animais terrestres. Tenho hesitado entre os répteis e os mamíferos; mas vou tomar por modelo estes. Com juntas, jogos combinados de cadeias de distensão e contração, como as nossas cadeiras de molas, obterei uma máquina que, com o mesmo custo de força e combustível que uma locomotiva comum, produzirá o dobro do rendimento útil que esta produz.

Joaquim, ouvindo tudo isto, bocejava; Meneses, inteiramente engolfado no seu sonho mecânico, não percebia que estava enfadando o amigo. Falava, falava sobre a sua sonhada "Andotiva" e bebia parati.

Às vezes, jantava com o carteiro e família; mas, na mesa, pouco se dirigia a Clara. Tinha medo que, conversando, traísse o segredo que existia entre ambos.

O velho dentista mesmo havia deixado de ver Cassi, e este, por sua vez, evitava-o, temendo que Meneses percebesse os seus propósitos de fuga e contasse a todos, levantando suspeitas em Clara.

Outras vezes, o velho dentista ia procurar Leonardo Flores, para conversar e mesmo jantar com ele. Flores não passava verdadeiramente necessidade. Com a sua aposentadoria e o auxílio que os filhos lhe prestavam, sempre tinha o que comer sem se queixar da fome.

A sua casa, graças à dedicação da mulher, vivia em ordem. Ele não se intrometia em nada da economia do lar. Os seus próprios vencimentos de aposentado, ele ia recebê-los, ou ela, e os entregava intactos. Roupa, jornais, fumo, parati — tudo ela comprava e lhe dava. Em começo, a boa da Dona Castorina quis ver se suprimia a cachaça; mas viu que era pior. Ele caía num abatimento, numa apatia de coisa morta. Resolveu fazer mais este sacrifício ao seu triste casamento: dar cachaça ao marido. Quando ele queria sair, ela lhe dava níqueis para a sua predileta bebida.

As visitas de Meneses eram particularmente agradáveis à mulher de Flores, porque não só distraía o marido, como lhe tirava a vontade de sair.

Flores tinha épocas em que não se movia de casa, senão a muito custo, para ir ao Tesouro receber a sua pensão; mas tinha outra em que se lhe tomava inteiramente o delírio ambulatório. Dona Castorina, embora compreendendo que o marido não podia ficar sempre retido em casa, procurava evitar que ele saísse, devido aos desatinos que praticava. Lá vinha, porém, um dia que...

Quando Meneses ia aos domingos procurá-lo, Flores recebia-o com um grandiloquente palavreado heráldico e fidalgo; mas ele dizia com grande melancolia, com uma mágoa que bem sabia não ter remédio:

— Só tu me procuras, Meneses! Os outros me abandonaram... Ah! A Poesia! Ela me tem dado bons momentos, mas me fez ir longe demais no meu grande serviço...

Punham-se a bebericar e, quando já estavam um tanto "esquentados", cada um dava para a sua mania. Meneses explicava a mecânica sutil da sua "Andotiva", e Leonardo Flores recitava o seu último soneto, que, embora desconexo, ainda tinha música, uma imponderável nostalgia de coisas entrevistas em sonho, uma obsessão de perfume, que constituíam os característicos de sua poética.

De repente, Meneses punha-se a roncar no sofá, e Leonardo, saindo do seu mundo sonoro de versos e rimas, punha-se de pé e, contemplando o camarada, com os braços cruzados, limitava-se a dizer:

— Imbecil! Dorme imbecil! Filisteu! Burguês!

E voltava a fazer versos, a que era como que forçado até à hora do jantar. Por essa ocasião, despertava Meneses aos berros e debaixo de descomposturas e injúrias poéticas.

O jantar, conforme o hábito das nossas pequenas famílias, nos domingos era posto à mesa mais cedo, constituindo o que se chama o "ajantarado". Assim se usava na casa de Flores; mas, em geral, era servido tarde, quase à hora do jantar habitual. A refeição não corria alegre. Meneses tinha a sua mania; Flores a dele; e ambos, durante ela, entregavam-se às suas extravagâncias, falando de coisas que os outros não entendiam. Meneses era calmo; mas o seu amigo comia fazendo caretas, soltando rugidos, cofiando a barba, ainda negra, que terminava num cavanhaque pontiagudo.

Dona Castorina, a mulher de Flores, de vez em vez, repreendia-o como a um filho menor:

— Come com modos, Flores! Você parece uma criança.

Raramente acontecia estar presente um dos filhos. Andavam pelo futebol e a mãe lhes reservava o jantar. Se acontecia o contrário, o rebento do poeta olhava o pai sem nenhuma expressão, sem ânimo de aconselhá-lo e sem insensibilidade para rir. A loucura de Flores era curiosa. Não só ela se manifestava com intermitências de grandes intervalos, como também as havia num curto espaço de um dia. O álcool tinha contribuído para ela; mas, sem ele, a sua alienação mental teria se manifestado, cedo ou tarde. Todos os que o conheceram moço, sabiam-no de sobra possuidor de diátese[46] da loucura. Os seus *tics*, os seus caprichos, a sua exaltação e outros sintomas confusamente percebidos levavam os seus íntimos a temerem sempre pela sua integridade mental. A tudo isso, ele juntava, ainda por cima, álcoois fortes que sempre tomou: whisky, genebra, gim, rum, parati — para se compreender a natureza da insânia de Flores.

Certa vez, após o jantar, tomando café no jardinzinho de sua casa — que ele mesmo cuidava com rara dedicação, de surpreender no seu estado —, Leonardo olhou o céu e gritou para Meneses, descansando a xícara sobre uma cadeira ao lado:

— Meneses! Vê só tu como esta tarde está linda! Não é só o ouro e a púrpura do crepúsculo que vêm; não é só o azul-ferrete dos morros que, com o aproximar-se a noite, se vai enegrecendo aos poucos... Há mais, caro Meneses; há verde no céu, um verde imaterial que não é o do mar, que não é o das árvores, que não é o da esmeralda, que não é o dos olhos de Minerva... é um verde celestial, diferente de todos aqueles que nós habitualmente vemos... Vamos sair, vamos gozar a natureza!

— Deixa-te disso, Flores. Daqui mesmo, nós vemos...

— Idiota! Não és um artista... Se não me acompanhas, saio só!...

Dona Castorina interveio naturalmente:

— Para que vais sair, Leonardo? Estás tão bem aqui com o "Seu" Meneses... Precisas de repouso, descanso...

— Mulher! Sabes quem eu sou? — fez Flores, com o seu modo habitual de cruzar os braços e enterrar o queixo no peito, quando falava com solenidade.

— Sei muito bem. És Leonardo Flores, meu marido — respondeu-lhe a mulher, sorrindo.

— Não sou só isso. Sou mais! — insistiu Flores, carrancudo.

— O que és, então? — perguntou-lhe Dona Castorina.

— Sou um poeta!

46 Disposição moral um tanto mórbida [N.E.]

Dizendo isto, entrou pela sala adentro e encaminhou-se para o quarto de dormir.

— Aonde vais? — indagou-lhe a mulher.

— Vou me vestir; quero ver este crepúsculo de pedraria, de metais caros, de sonhos e de quimeras. Sou um poeta, mulher!

Dona Castorina já sabia que, quando lhe dava essa fúria de sair, era pior contrariá-lo. Nada disse ao marido e foi pedir a Meneses que o acompanhasse. O velho dentista não se sentia bem; o seu desejo era descansar; mas, à vista do pedido de Dona Castorina, não teve outro remédio senão acompanhar o camarada. Andaram a pé por toda a parte, bebendo sempre onde encontravam lugar propício; Meneses, arrastando o passo; e Flores, dilatando as narinas, fazendo horríveis contrações com o rosto, alisando o cavanhaque e dizendo:

— Que beleza! Que beleza! Quero respirar, cheirar, absorver todo o perfume desse divino crepúsculo... Não fora a natureza, os céus, os pássaros, as águas múrmuras, como poderíamos viver?

Depois de uma pausa, acrescentou desolado:

— A vida é tão banal, tão chata... Nós somos também natureza; mas do que nos vale isto? Há os burgueses e os regulamentos que nos abafam...

Já tinha anoitecido de todo. Leonardo Flores não dava mostras de querer voltar para casa; Meneses arrastava o passo a muito custo. Iam atravessando um trecho deserto de rua, quando o velho dentista disse para o amigo:

— Leonardo, estou com as pernas que não posso. Vamos descansar um pouco.

— Onde?

— Sentados na relva, um pouco longe da estrada, ali, atrás daquela moita... Estou que não posso, meu caro.

Os dois abandonaram o caminho público e procuraram a tal moita. Meneses, com muita dificuldade, sentou-se; mas Leonardo foi logo se deitando. Tinham bebido muito, e a embriaguez lhes chegava. Leonardo ainda pôde dizer, olhando as estrelas que começavam a brilhar:

— Como é belo o céu! Lá não haverá por certo ministros, nem congresso, nem presidentes... Que bom será!

O dentista não se demorou muito tempo sentado; deitou-se logo; e Leonardo, mal dissera aquelas palavras, ferrou no sono. Dormiram afinal, na relva, com os olhos voltados para o céu estrelado...

* * *

Leonardo, já dia adiantado, veio a despertar naquele capinzal, atordoado, zonzo; e, ao dar com Meneses ao lado, procurou acordá-lo. Foi em vão; o velho estava morto. Um colapso cardíaco o tinha levado. Percebendo que o amigo tinha morrido, Leonardo ergueu-se, tirou-lhe o chapéu de perto da cabeça, pôs-lhe o rosto bem à mostra, com as suas brancas barbas veneráveis, e começou a exclamar:

— Sol! Sol glorioso das auroras e das ressurreições! Sol divino que conténs todos nós, homens e plantas, bestas e gênios, insetos e vampiros, lesmas e belezas! Sol que tudo fecundas e transformas! Vem tu, *ó Sol*! Beijar esta sublime cabeça de imperador (apontava para Meneses rijo) que vai para sempre mergulhar na treva e só te verá de novo quando for árvore, quando for arbusto, quando for pássaro e quando de novo voltar a ser homem. Beija-o ainda mais uma vez! Beija-o, porque ele te amou e muitas vezes voou para os espaços sidéreos, desejoso de ver o teu fulgor e morrer por tê-lo visto.

Não dera fé, Leonardo, que alguns transeuntes haviam parado, para ouvir as suas palavras e ver os seus estranhos trejeitos. Os mais curiosos se aproximaram e deram com aquele estranho e bizarro espetáculo de um homem, que parecia louco ou bêbedo, a pronunciar coisas incompreensíveis e a gesticular diante de um pobre velho morto. Chamaram a polícia; e lá foi Leonardo, gesticulando e falando só, para a delegacia. Meneses tomou o caminho do necrotério, após fotografias e outras precauções policiais.

O primeiro movimento do policial que recebeu Leonardo foi removê-lo incontinenti para o hospício ou lugar equivalente. Na verdade, o poeta não dizia coisa com coisa; nem mesmo quem era, informava. Muitos o conheciam de vista, mas, para essas pessoas, era simplesmente "o poeta". Em chegando Praxedes, as coisas mudaram. Tinha ele o hábito de ir de manhã às delegacias, ver se pegava algum biscate, alguma coisa. Indo naquele dia, topou com Leonardo lá e soube que um velho, que bebia muito e costumava estar com ele, havia sido encontrado morto junto a Flores e fora removido para o morgue. Viu logo que se tratava de Meneses. Muito prestável, obsequioso de gênio, Praxedes, para quem a polícia não tinha segredos, informou ao comissário quem era Leonardo e quem era Meneses. A autoridade policial encarregou-o de prevenir os parentes e amigos de ambos do que havia acontecido. Praxedes correu à casa de Joaquim dos Anjos, para desobrigar-se da missão. Foi recebido pela mulher e a filha.

— Quincas não está aí — disse-lhe Dona Engrácia. — Ele saiu cedo...

— O senhor pode telefonar para a Repartição dos Correios — lembrou Clara.

— Lembrei-me disso, mas não sabia a seção.

A filha disse-lhe e o doutor Praxedes, muito diplomaticamente, ergueu-se todo e, ao despedir-se das senhoras, desculpou-se:

— Vossas Excelências hão de me perdoar. Não podia deixar de vir até aqui. Sabia de dois amigos íntimos do doutor Meneses; um era o senhor Cassi, mas este está fora...

Clara espantou-se:

— Está fora!

— Ué, Clara! — fez Dona Engrácia. — Que espanto!

— Não, porque ainda há dias "Seu" Meneses disse a papai que estivera com ele — fez Clara disfarçando.

— Deve ser há algum tempo, minha senhora — aventou Praxedes, com toda a delicadeza de voz. — Porque há bem quinze dias que embarcou para São Paulo, em Cascadura. Eu até me despedi dele...

Praxedes saía e Clara, logo que pôde, correu ao quarto para chorar. Estava irremediavelmente perdida; ele a abandonara de vez. Como havia de ser? Como havia de esconder a gravidez, que se ia mostrando aos poucos? Que fariam dela os seus pais? Era atroz o seu destino!

Todas essas perguntas ela formulava e não lhes dava resposta. Cassi partira, fugira... Agora, é que percebia bem quem era o tal Cassi. O que os outros diziam dele era a pura verdade. A inocência dela, a sua simplicidade de vida, a sua boa-fé e o seu ardor juvenil tinham-na completamente cegado. Era mesmo o que diziam... Por que a escolhera? Porque era pobre e, além de pobre, mulata. Seu desgraçado padrinho tinha razão... Fora Cassi quem o matara.

Ele contava, já não se dirá com o apoio, mas com a indiferença de todos pela sorte de uma pobre rapariga como ela. Devia ser assim, era a regra. Nessa indiferença, nessa frouxidão de persegui-lo, de castigá-lo convenientemente, é que ele adquiria coragem para fazer o que fazia.

Além de tudo, era covarde. Não cedia ao impulso do seu desejo, de seu capricho por uma moça qualquer. Catava com cuidado as vítimas entre as pobres raparigas que pouco ou nenhum mal lhe poderiam fazer, não só no que toca à ação das autoridades, como da dos pais e responsáveis.

Estava aí o seu forte; o mais eram acessórios de modinhas, de tocatas de violão, de cartas, de suspiros — todo um arsenal de simulação amorosa, que ele, sem caráter, e por demais cínico, sabia empregar como ninguém.

Que havia de ser dela, agora, desonrada, vexada diante de todos, com aquela nódoa indelével na vida?

Sentia-se só, isolada, única na vida. Seus pais não a olhariam mais como a olhavam; seus conhecidos, quando soubessem, escarneceriam dela; e não haveria devasso por aí que a não perseguisse, na persuasão de que quem faz um cesto, faz um cento. Exposta a tudo, desconsiderada por todos, a sua vontade era de fugir, esconder-se. Mas, para onde? Com a sua inexperiência, com a sua mocidade, com a sua pobreza, ela iria atirar-se à voracidade sexual de uma porção de Cassis ou piores que ele, para acabar como aquela pobre rapariga, a quem chamavam de madame Bacamarte, suja, bebendo parati e roída por toda a sorte de moléstias vergonhosas.

Pensou em morrer; pensou em se matar; mas, por fim, chorou e rogou a Nossa Senhora que lhe desse coragem. Se pudesse esconder... acudiu-lhe repentinamente este pensamento. Se pudesse "desfazê-lo"? Seria um crime, havia perigo de sua vida; mas era bom tentar. Quem lhe ensinaria o remédio? Correu o rol de suas poucas amigas; e só encontrou uma: Dona Margarida.

Nisto, sua mãe gritou-lhe do fundo da casa:

— Clara, estás dormindo? Olha que estão batendo na porta.

— Já vou, mamãe.

Era o correspondente dos telégrafos, que trazia um despacho do pai, comunicando que, devido a ter de fazer o enterro de Meneses, chegaria mais tarde, mas viria jantar.

Ela e a mãe não esperaram; jantaram antes. Clara, muito preocupada com o "remédio" que ia ver se Dona Margarida lhe arranjava; Dona Engrácia, aborrecida com a morte de Meneses.

— Pobre Meneses! — dizia ela. — Morrer assim, no mato! Por que ele não foi *pra* casa? Era bem velho, não era, Clara?

— Devia ter mais de setenta anos.

— Isto não quer dizer nada. Há quem dure mais... Você tem reparado, Clara, que, de uns tempos para cá, está nos acontecendo uma porção de coisas más?

— Nem tantas! Duas só: a morte do padrinho e...

— Você acha pouco e, ainda por cima, da forma que elas nos chegam! Deus nos proteja! Tenho para mim que alguma está para nos acontecer...

— Qual, mamãe! Tudo isto é doloroso, mas são fatos que se dão...

— Felizmente, esse azar de Cassi se foi. Que vá *pro* diabo que o carregue!

Clara teve vontade de chorar; mas conteve-se. Estava resolvida: amanhã, pediria um abortivo a Dona Margarida.

Joaquim dos Anjos chegou e narrou tudo o que acontecera com Meneses e Leonardo. Aquele, por não ter ninguém que lhe fizesse o enterro, ele o fizera; e Leonardo, logo que foi afastada a hipótese de crime e ficou sabido o seu estado mental, entregaram-no à mulher. Ao chegar em casa, acompanhado de Dona Castorina, foi que Flores caiu em si e teve consciência perfeita do fim do amigo. Estava lúcido, bom; estava o verdadeiro Leonardo, que chorou o falecimento do camarada, sem mescla de delírio, pressentindo que, nele, havia aviso do seu próximo fim.

Engrácia ouviu a narração de Quincas e, ingenuamente, perguntou-lhe:

— Esse Leonardo é mesmo homem de inteligência, Quincas?

— É, Engrácia. Por quê?

— Por que ele então bebe tanto?

— Quem sabe lá? Vício, hábito, capricho da sua natureza, desgostos, ninguém sabe! — observou o marido.

— Eu vejo tanto doutor por aí que não bebe.

— Você pensa que todo doutor é inteligente, Engrácia?

— Pensei.

Clara ficou admirada de que a opinião da mãe não fosse exata. Ela também, muito popular e estreita de ideia, admitia que toda a espécie de doutor fosse de sábios e inteligentes.

Joaquim, dizendo-se cansado, fora logo deitar-se; e, em seguida, a sua mulher e sua filha.

Em breve, tudo era silêncio na casa e na rua. Clara não esperava mais, com a janela semiaberta, a visita do sedutor. Havia-se fatigado de aguardá-lo muitas noites seguidas; e, agora então, depois da informação de Praxedes, tinha perdido toda a esperança. Ele fugira, e ela ficara com o filho a gerar-se no ventre, para a sua vergonha e para tortura de seus pais. Imediatamente, o seu pensamento se encaminhou para o "remédio" que devia "desmanchá-lo", antes que lhe descobrissem a falta. Tinha medo e tinha remorsos. Tinha medo de morrer e tinha remorsos de "assassinar" assim, friamente, um inocente. Mas... era preciso. Pôs-se a examinar o que lhe podia responder Dona Margarida. Pesou os prós e os contras; analisou bem o caráter da amiga russa-alemã; e, na calma do quarto, percebeu bem que não lhe daria nem indicaria o "remédio" criminoso. Margarida era uma mulher séria, rigorosa de vontade, visceralmente honesta, corajosa, e não haveria rogos nem choro que a fizessem contribuir para um crime de qualquer natureza. Então, como havia de ser? Examinou a lista das conhecidas, a ver se encontrava uma que lhe prestasse esse "serviço"... Não encontrou, e também eram tão poucas... Se tivesse dinheiro, com auxílio de madame Bacamarte... Acudiu-lhe então uma ideia. Ela ajudava Dona Margarida nos bordados e nas costuras, com o que já ganhava algum dinheiro. Não tinha nada a haver da amiga; mas bem lhe podia pedir emprestado, sob qualquer pretexto, uns vinte ou trinta mil-réis e pagá-los com trabalho. Qual seria o pretexto? Pensou, combinou mentiras e, afinal, encontrou-o. Diria que era para comprar um presente destinado à mãe, cujo aniversário natalício estava a chegar. Sorriu de contentamento, quando organizou toda aquela *mentiralhada.* Julgava-se salva. Mas, com o que ela não contava era com a sagacidade da alemã.

Dona Margarida era mulher alta, forte, carnuda, com uma grande cabeça de traços enérgicos, olhos azuis e cabelos castanhos tirando para louro. Toda a sua vida era marcada pelo heroísmo e pela bondade. Embora nascida em outros climas e cercada de outra gente, o seu inconsciente misticismo humanitário, herança dos avós maternos, que andavam sempre às voltas com a polícia dos czares, fê-la logo se identificar com a estranha gente que aqui veio encontrar. Aprendeu-lhe a linguagem, com seus vícios e idiotismos, tomou-lhe os hábitos, apreciou-lhe as comidas, mas sem perder nada da tenacidade, do *esprit de suite*[47], da decidida coragem da sua origem. Gostava muito da família do carteiro; mas, no seu íntimo, julgava-os dóceis demais,

47 Senso de familiaridade, coletividade [N.E.]

como que passivos, mal armados para a luta entre os maus e contra as insídias da vida.

Quando Clara lhe falou no empréstimo ou adiantamento, ela se espantou. Nunca a filha do "correio" lhe havia feito semelhante pedido. O que queria dizer aquilo? Não respondeu logo à solicitação e encarou firmemente, com o seu olhar translúcido e, no momento, duro, a filha do carteiro; e, por sua vez, indagou:

— Para que você quer esse dinheiro, Clarinha?

A moça, não podendo suportar a mirada da alemã, abaixara os olhos e, com voz sumida, explicou o suposto destino que ia dar à quantia pedida. Dona Margarida não acreditou; e, continuando com o olhar a sondar inquisitorialmente Clara, observou com energia maternal:

— Clara, você não fala a verdade; você está escondendo alguma coisa.

A moça quis negar; mas Dona Margarida, pressentindo que ela ocultava alguma coisa de grave, cercou-a de perguntas, não restando a Clara outro remédio senão confessar tudo. Ela chorou, mas Dona Margarida, sem se deixar comover, durante toda a confissão, mais arrancada aos poucos do que mesmo narrada espontaneamente, foi pensando como agir. Encheu-se, Dona Margarida, de uma infinita pena daquela desgraçada rapariga, dos seus pais, e mais profunda se tornava a pena, quando antevia o horrível destino da pobre Clara; entretanto, não deu qualquer demonstração do que lhe ia n'alma.

Num dado momento, sem dar-lhe a mínima explicação, Dona Margarida ergueu-se e, dirigindo-se a Clara, ordenou imperiosamente:

— Vamos falar à sua mãe.

A filha do carteiro, sem fazer a mínima objeção, obedeceu. Ao chegar à casa de Joaquim, Dona Engrácia estava no interior, inocentemente entregue aos seus afazeres domésticos. Entretanto, Dona Margarida chamou de parte a mãe de Clara e começou a narrar-lhe o que havia acontecido com a filha. Dona Engrácia não se pôde conter. Logo que compreendeu a gravidade do fato, pôs-se a chorar copiosamente, a lastimar-se, a soluçar, dizendo entre um acesso de choro e outro:

— Mas, Clara!... Clara, minha filha!... Meu Deus, meu Deus!

A filha aproximou-se chorando; ajoelhou-se, ajuntou as mãos, em postura de oração, aos pés da mãe e, soluçando, repetiu:

— Me perdoe, mamãe! Me perdoe, pelo amor de Deus!

Dona Margarida, de pé, nada dizia e olhava com profunda e desmedida tristeza, que não se adivinhava na sua calma e na segurança do seu olhar, aquele quadro desolador do enxovalhamento de um pobre lar honesto.

Afinal, quando lhe pareceu que ambas estavam mais calmas, interveio:

— Você sabe, Clara, onde mora a família desse sujeito?

Clara, ainda soluçando, respondeu:

— Sei.

Dona Engrácia indagou:

— Para quê?

Dona Margarida explicou que, antes de qualquer procedimento e mesmo de comunicar o fato a "Seu" Joaquim, era conveniente entender-se com a família de Cassi. Ela, Dona Margarida, iria imediatamente à casa dele, acompanhada de Clara. Mãe e filha concordaram; e Clara vestiu-se.

A residência dos pais de Cassi ficava num subúrbio tido como elegante, porque lá também há estas distinções. Certas estações são assim consideradas, e certas partes de determinadas estações gozam, às vezes, dessa consideração, embora em si não o sejam. O Méier, por exemplo, em si mesmo não é tido como chique; mas a Boca do Mato é ou foi; Cascadura não goza de grande reputação de fidalguia nem de outra qualquer prosápia distinta; mas Jacarepaguá, a que ele serve, desfruta da mais subida consideração.

A casa da família do famoso violeiro não ficava nas ruas fronteiras à *gare*[48] da Central; mas, numa transversal, cuidada, limpa e calçada a

48 Estação de passagem, com destino à Central [N.E.]

paralelepípedos. Nos subúrbios há disso: ao lado de uma rua, quase oculta em seu cerrado matagal, topa-se uma catita[49], de ar urbano inteiramente.

Indaga-se por que tal via pública mereceu tantos cuidados da edilidade, e os historiógrafos locais explicam: é porque nela, há anos, morou o deputado tal ou o ministro sicrano ou o intendente fulano.

Tinha boa aparência a residência da família do senhor Azevedo; mas quem a observasse com cuidado, concluiria que a parte imponente dela, a parte da cimalha, sacadas gradeadas e compoteiras ao alto, era nova. De fato, quando o pai de Cassi a comprou, a casa era um simples e modesto chalé, mas, com o tempo, e com ser sua vagarosa, mas segura, prosperidade, pôde ir, também devagar, aumentando o imóvel, dando um aspecto de boa burguesia remediada. Na frente não era alto; o terreno, porém, inclinava-se rapidamente para os fundos, de forma que, nessa parte, havia um porão razoável, onde, ultimamente, habitava Cassi. O puxado na traseira da casa também tinha porão, porém, com maus quartos, que eram ocupados pelas galinhas do filho e por coisas velhas ou sem préstimo, que a família refugava, sem querer pôr fora de todo.

Dona Margarida tocou a campainha com decisão e subiu a pequena escada que dava acesso à casa. Disse à criada que desejava falar à dona da casa. Dona Salustiana, que esperava tudo, menos aquela visita portadora de semelhante mensagem, não tardou em mandar entrar as duas mulheres.

Ambas estavam bem-vestidas e nada denunciava o que as trazia ali. Só Clara tinha os olhos vermelhos de chorar, mas passava despercebido. Chegou Dona Salustiana e cumprimentou-as com grandes mostras de si mesma. Dona Margarida, sem hesitação, contou o que havia. A mãe de Cassi, depois de ouvi-la, pensou um pouco e disse com ar um tanto irônico:

— Que é que a senhora quer que eu faça?

---

49 Espaço com ar elegante [N.E.]

Até ali, Clara não dissera palavra; e Dona Salustiana, mesmo antes de saber que aquela moça era mais uma vítima da libidinagem do filho, quase não a olhava; e, se o fazia, era com evidente desdém. A moça foi notando isso e encheu-se de raiva, de rancor por aquela humilhação por que passava, além de tudo que sofria e havia ainda de sofrer.

Ao ouvir a pergunta de Dona Salustiana, não se pôde conter e respondeu como fora de si:

— Que se case comigo.

Dona Salustiana ficou lívida; a intervenção da mulatinha a exasperou. Olhou-a cheia de malvadez e indignação, demorando o olhar propositadamente. Por fim, expectorou:

— Que é que você diz, sua *negra*?

Dona Margarida, não dando tempo a que Clara repelisse o insulto, imediatamente, erguendo a voz, falou com energia sobranceira:

— Clara tem razão. O que ela pede é justo; e fique a senhora sabendo que nós aqui estamos para pedir justiça e não para ouvir desaforos.

Dona Salustiana voltou-se para Dona Margarida e perguntou, pronunciando, devagar, as palavras, como para se dar importância:

— Quem é a senhora, para falar alto em minha casa?

Dona Margarida não se intimidou:

— Sou eu mesma, minha senhora; que, quando se decide a fazer alguma coisa de justo, nada a atemoriza.

Foi calmamente que Dona Margarida falou; e, à vista dessa atitude, Dona Salustiana resolveu mudar de tática. Gritou para as filhas:

— Catarina! Irene! Venham cá que esta mulher está me insultando.

As moças acudiram e, contemplando o ar enérgico da teuto-eslava e a figura lastimosa de Clara, compreenderam que Cassi estava no meio. Acalmaram a mãe e indagaram do sucedido; Dona Margarida explicou; mas, quando se falou em casamento de Cassi, Dona Salustiana interferiu energicamente:

— Ora, vejam vocês, só! É possível? É possível admitir-se meu filho casado com esta...

As filhas intervieram:

— Que é isto, mamãe?

A velha continuou:

— Casado com gente dessa laia... Qual!... Que diria meu avô, lorde Jones, que foi cônsul da Inglaterra em Santa Catarina! Que diria ele, se visse tal vergonha? Qual!

Parou um pouco de falar; e, após instantes, aduziu:

— Engraçado, essas sujeitas! Queixam-se de que abusaram delas... É sempre a mesma cantiga... Por acaso, meu filho as amarra, as amordaça, as ameaça com faca e revólver? Não. A culpa é delas, só delas...

Dona Margarida ia perguntar: "Que decide, então?", quando se ouviram passos na escada. Era o dono da casa. Entrando e deparando-se com aquele quadro, suspendeu os passos e parou no meio da sala.

Olhou tudo e todos e perguntou:

— Que há?

— Papai... — ia dizendo uma das filhas, mas sabendo, por aí, quem era aquele homem, Clara correu para ele, ajoelhou-se e implorou:

— Tenha pena de mim, "Seu" Azevedo! Tenha pena de uma infeliz! Seu filho me desgraçou!

O velho Azevedo descansou os embrulhos, levantou a moça, fê-la sentar, e ele, sentando-se por sua vez, pôs-se a olhar, cheio de pena, o dolorido rosto da rapariga. Todos os olhos se fixaram nele; ninguém respirava. Afinal, Azevedo falou:

— Minha filha, eu não te posso fazer nada. Não tenho nenhuma espécie de autoridade sobre "ele"... Já o amaldiçoei... Ademais, ele fugiu e eu já esperava que essa fuga fosse para esconder mais alguma das suas ignóbeis perversidades... Tu, minha filha, te ajoelhaste diante de mim ainda agora. Era eu que devia ajoelhar-me diante de ti, para te pedir perdão por ter dado vida a esse bandido, que é o meu filho... Eu, como pai, não o perdoo; mas peço que Deus me perdoe o crime de ser pai de tão horrível homem... Minha filha, tem dó de mim, deste pobre velho, deste amargurado pai, que há dez anos sofre as ignomínias que meu filho espalha por aí, mais do que ele... Não te posso fazer nada... Perdoa-me, minha filha! Cria teu filho e me procura se...

Não acabou a frase. A voz sumiu-se; ele descaiu o corpo sobre a cadeira e os olhos se foram tornando inchados.

As filhas acudiram, a mulher também; e uma daquelas, chorando, pediu a Clara e a Dona Margarida:

— É favor, minhas senhoras; retirem-se, sim?

Na rua, Clara pensou em tudo aquilo, naquela dolorosa cena que tinha presenciado e no vexame que sofrera. Agora é que tinha a noção exata da sua situação na sociedade. Fora preciso ser ofendida irremediavelmente nos seus melindres de solteira, ouvir os desaforos da mãe do seu algoz, para se convencer de que ela não era uma moça como as outras; era muito menos no conceito de todos. Bem fazia adivinhar isso, seu padrinho! Coitado!...

A educação que recebera, de mimos e vigilâncias, era errônea. Ela devia ter aprendido da boca dos seus pais que a sua honestidade de moça e de mulher tinha todos por inimigos, mas isto ao vivo, com exemplos, claramente... O bonde vinha cheio. Olhou todos aqueles homens e mulheres... Não haveria um, talvez, entre toda aquela gente de ambos os sexos, que não fosse indiferente à sua desgraça... Ora, uma mulatinha, filha de um carteiro! O que era preciso — tanto a ela como às suas iguais — era educar o caráter, revestir-se de vontade, como possuía essa varonil Dona Margarida, para se defender de Cassis e semelhantes, e bater-se contra todos os que se opusessem, por este ou aquele modo, contra a elevação dela, social e moralmente. Nada a fazia inferior às outras, senão o conceito geral e a covardia com que elas o admitiam...

Chegaram em casa; Joaquim ainda não tinha vindo. Dona Margarida relatou a entrevista, por entre o choro e os soluços da filha e da mãe.

Num dado momento, Clara ergueu-se da cadeira em que se sentara e abraçou com força sua mãe, dizendo, com um grande acento de desespero:

— Mamãe! Mamãe!

— Que é minha filha?

— Nós não somos nada nesta vida.

Todos os Santos (Rio de Janeiro), dezembro de 1921 - janeiro de 1922

O AUTOR

LIMA BARRETO foi o pseudônimo de Afonso Henriques de Lima Barreto, um importante escritor brasileiro nascido em 13 de maio de 1881, no Rio de Janeiro, e falecido em 1 de novembro de 1922 na mesma cidade.

Foi um dos primeiros autores a abordar questões sociais e raciais de forma crítica em sua obra. Sua experiência como afrodescendente no Brasil do início do século XX teve um grande impacto em sua escrita.

Sua obra mais conhecida é o romance "Triste Fim de Policarpo Quaresma", publicado em 1911. O livro conta a história de um nacionalista fervoroso que se torna ridicularizado e marginalizado pela sociedade por suas ideias e ações.

Lima Barreto também foi um crítico mordaz da sociedade brasileira de sua época, denunciando a hipocrisia, o preconceito racial, a corrupção e a desigualdade social, num tom satírico e irônico.

Apesar de ter produzido uma obra de grande relevância, Lima Barreto enfrentou dificuldades financeiras e problemas de saúde ao longo de sua vida. Faleceu relativamente jovem, aos 41 anos, vítima de complicações devido ao alcoolismo.

Postumamente, a obra de Lima Barreto ganhou reconhecimento e admiração, e o autor agora é considerado um dos grandes escritores da literatura brasileira, conhecido por sua crítica social e sua representação autêntica da vida no Brasil no início do século XX.